Sonya
ソーニャ文庫

ヤンデレ王子は変わり者令嬢を決して逃がさない

茶川すみ

JN132308

イースト・プレス

contents

プロローグ

そこは、山小屋のような部屋の中だった。狭く薄暗いそこには、思わず耳を塞《ふさ》ぎたくなるような淫《みだ》らな水音と、苦しげで、しかし甘い女の嬌声《きょうせい》が響いている。

潜《ひそ》むようにして隅《すみ》に置かれた、質素だが質は良さそうな寝台の上で、一組の男女の影が揺らめいていた。

仰向けで寝ている赤茶色の髪の女は、服をすべて剝《む》かれ、両手首を紐《ひも》で結ばれて頭の上で寝台に固定されていた。その瞳からはとめどなく涙が流れ、頬《ほお》には幾筋《いくすじ》もの泣き濡れた軌跡《きせき》が残る。

小さく開いた口からは、男を誘うような甘い声がひっきりなしにこぼれ落ちていた。女が動くたびに豊満な胸のふくらみが蠱惑的《こわくてき》に揺れ、少しだけ大きな前歯が慎ましげに見え隠れする。

そんな女を組み敷いているのは黄金色の髪の男。男は女の両足を左右に大きく割り開いていた。両足の付け根にある秘められたところに顔を埋め、淫猥な水音を立てながら舐め回しつつ、長い指を使って好き勝手に蹂躙《じゅうりん》している。

「やだっ、いや、いやぁっ……！」

女は背中をぐんと反らせると、何度も体を痙攣《けいれん》させて快感の頂点へと達した。

それを確認した男はゆったりと上半身を起こす。蒼玉《サファイア》のような瞳を昏《くら》く翳《かげ》らせて、女が溢《あふ》れさせた蜜《みつ》で塗《まみ》れた指を見せつけるように舐めとる。

男は美麗な顔をうっとりと蕩けさせて、情欲と支配欲に塗れた濁った視線を女に向けた。不自然なほどに吊り上がっている口元は、彼の美貌も相まって壮絶な色気と共に不気味さをも醸《かも》し出す。

「……君がいけないんだよ。君が僕を拒絶するから……こうするしかないんだ。ごめんね？」

女は、快感のせいで蕩《とろ》け、朦朧《もうろう》とした意識の中で考える。

――どうして、こんなことになってしまったのか、と。

第一章　親友の正体

エシュガルド王国の東の辺境には、隣国との国防の要である広大なレーベンルート辺境伯領がある。その辺境伯の屋敷の敷地内には、国内でも屈指の大きさを誇る牧場と温室があった。

牧場には馬や羊、犬や猫たちが、温室には蛇《へび》やトカゲ、蛙《かえる》といったさまざまな生き物たちが自由に過ごしており、彼らの主人によって大切に飼われている。

主人の名前は、ジゼル・レーベンルート。辺境伯の長女にして、生き物——とりわけ爬《は》虫類《ちゅうるい》が大好きな、社交界にまったく顔を出さない変わり者の令嬢だ。

ジゼルはいつもどおりに朝日が昇ると同時に目を覚まし、寝台から勢いよく起き上がった。立ち上がってぐううっ、と体を伸ばすと、ぱっちりと開いた栗色の瞳が溌剌《はつらつ》とした光を放つ。

ジゼルは寝間着から伯爵令嬢らしからぬ簡素なワンピースに着替えると、牧場に行くために部屋から出て屋敷の廊下を軽やかに走り出した。頭の後ろでゆるく結《ゆ》わいた煉瓦《れんが》のような赤茶色の髪が、動きに合わせてふわりと揺れる。弾んだ息を吐く口からは少しだけ大きな前歯が覗いていて、まるで仔リスのよう。

玄関ホールに繋《つな》がる大階段を一段飛ばしで駆け下りているジゼルを、階下にいた侍女長のエマが凄《すさ》まじい形相《ぎょうそう》で叱責《しっせき》する。エマはひっつめ髪に細い目をした、いかにも厳しそうな外見をした中年の女性だ。

「お嬢様！　お屋敷の中を走ってはならないと何度も申し上げているはずです！」

「ごめんね、レミーが待っているの！」

エマの厳しい叱責も、慣れているジゼルにはあまり効果がない。謝罪をさらりと口にするものの止まったりせずに、エマの側を風のように駆け抜けて外に出ていく。

あとに残されたエマは額《ひたい》に手を当てて脱力しつつ、呆《あき》れたようにひとつのため息をこぼしていた。

外に出たジゼルは屋敷と牧場の間にある切り株に向かう。

そこには、ジゼルが会いたくてやまない親友が待っているはずなのだ。

ジゼルは切り株の上に親友を見つけ、喜色満面の笑みを向けた。

「おはよう、レミー！」

切り株の上にいるのは、手のひらほどの金色のオストカゲ。

彼の名はレミー。名付けたのはジゼルだ。変わり者として周囲から距離を置かれているジゼルの、唯一の親友である。

　出会いは約十年前。瀕死《ひんし》の怪我《けが》をしていた彼を助けたのがきっかけで、そのとき以来、レミーはジゼルのもとに時々遊びに来てくれている。

　レミーはジゼルの笑顔に応えるように一度目を細めると、下から上に瞼《まぶた》を上げて瞬《また》きをした。彼の皮膚は太陽の光で黄金のように輝き、よく見ると体の横には白みがかった太めの線が入っている。つぶらな瞳はサファイアのように透き通った蒼で、瞳孔は爬虫類《はちゅうるい》の特徴どおり縦に細長い。

　ジゼルは切り株の傍に座り込むと、親友に向かって両方の手のひらを揃《そろ》えて上に向けて差し出した。レミーは心得たようにその手の上にちょこんと乗り上げる。

「ごめんね、待たせちゃって。……ふふっ、それにしても貴方は今日もとっても素敵ね！」

　ジゼルはレミーの口先に可愛《かわい》らしい音を立てて口付けると、自分の肩へと乗せてあげた。

　レミーは肩の上で自分の定位置を探し出し、大人しく這いつくばっている。レミーがしっかりと定位置におさまったことを確認してから、ジゼルは牧場へ向かって歩き出した。

「昨日、ウサギの新種の話をしたでしょう？　あれね、すごいことがわかりそうなのよ！　あとで貴方にも話すけれど、まずは早くオーガスト博士とお話ししなくちゃいけないの」

　オーガスト博士とは、この国で一番の生物学者の名前だ。ジゼルは幼いころからよく彼と会っては、生物に関するさまざまな事柄を話し合っている。

　ジゼルは社交界に顔を出さないかわりに、将来は生物学者になり博士の助手として働きたいと夢見ていた。学者として生きる道は容易ではないが、嬉しいことに博士自身も期待してくれている。

一年前、ジゼルは十八歳で貴族学校を卒業している。今は学者になるために博士と文通をしたり研究室に時々赴いたりしながら、独学で生物学を学んでいるところだ。

ジゼルはレミーに話しかけながら、飼っている生き物たちに朝の挨拶をしていく。餌《えさ》をやり、毛並みを整え、体調を観察する。もちろん、排泄物の処理もジゼルが行う。

ジゼルは生き物の世話――餌の準備から牧場や温室の管理に至るまでのすべて――を自分で行っている。これは、幼いころに生き物たちを飼い始めたときに父親である辺境伯と交わした約束でもあった。

ジゼルは牧場の子たちの世話を終えると、今度は温室に向かって歩き出した。温室にいる子たちにも一匹ずつ甲斐甲斐しく世話をしていく。

朝の日課が終わったころ、ジゼルの服は汗でぐっしょりと濡れ、顎《あご》からは透明な雫《しずく》がしたたるほどになっていた。

「さぁレミー、一緒に汗を流しに行きましょう？」

屋敷に戻るとジゼルは一目散《いちもくさん》に浴室へと向かう。扉を開けると、ジゼルの朝の日課を知っているエマがすでに浴室の木桶《きおけ》にお湯を溜《た》めてくれていた。

エマはなんだかんだと小言を言いつつも丁寧《ていねい》にジゼルの世話をしてくれる。ジゼルはエマにお礼を言ってから浴室に入ると、レミーを木桶の枠に乗せて、ためらいもなく素っ裸になった。瑞々《みずみず》しく咲き誇る健康的な裸体が、湯気の立つ浴室に浮かび上がる。

本来ならば、貴族令嬢であるジゼルの体を洗うのは侍女の仕事だが、辺境伯邸では『自分のことは自分でする』ということをよしとしている。そのため、普段からジゼルは侍女の手を借りることなく自分で体を洗っていたし、身支度《みじたく》も自分で行っていた。

ジゼルが体を洗っている間、不思議なことにレミーはいつもそっぽを向いている。

ジゼルはその仕草がおかしくて、ふふっと声を出して笑った。

「レミーは本当に恥ずかしがり屋ね。私と貴方の仲じゃない」

レミーはゆっくりと何度か首を横に振り、太い尻尾をゆらりと縦に一度揺らした。まるで、抗議の意を示しているかのように。

「ふふっ、レミーは紳士なのね。……あ、それでね、さっきのウサギの新種の話だけど、彼らにはほかにはない特徴があってね、それは――……」

浴室でもジゼルのおしゃべりは止まらない。レミーは素っ裸のジゼルから顔を背《そむ》けつつも、首を縦に振って相槌《あいづち》を打ったり頭を傾げて疑問の意を示したりしながら、その小難しい話にしっかりと反応していた。

おそらく、レミーは普通のトカゲではないのだろう、とジゼルは考えている。誰がどう見ても、彼はジゼルの言葉を理解し反応している。普通のトカゲだったら、このように人間の話は理解できないはずだ。

さらにもうひとつ、レミーが普通ではないところがある。

出会ったときから、姿がほとんど変わらないのだ。

レミーのような種類のトカゲの場合、寿命はおおよそ十年だとされている。普通であればそろそろ寿命を迎えていてもおかしくない。にもかかわらず、レミーはまるで今が絶頂期とばかりに艶々《つやづや》と金色の皮膚を輝かせている。

当時九歳だったジゼルも、今はもう十九歳。体はほとんど大人と変わりなく成長し、来年になれば成人、もう結婚できる年齢になるというのに。

ただ、ジゼルはレミーの不思議さに関してあまり疑問に思っていない。

噂《うわさ》では、エシュガルド王国の王家の血を引く者は、『魔法』という常人では使えない技を使えるらしい。触らずに物を移動させたり炎や水を操ったりする、奇跡のような技なのだとか。

よって、そういった不可思議なことができる人間がいる以上、不可思議なトカゲがいてもおかしくはない、とジゼルは考えていた。

この十年間、レミーは月に一回の間隔でジゼルのもとに訪れていた。

滞在する時間は短く、就寝時間になるとふらりと姿を消してしまう。なのに今回は十日間ほどジゼルのもとに滞在している。怪我をしたレミーと出会ったときを除けば、連日いるなんてことは初めてのことだ。

初めての嬉しい出来事に、ジゼルはずっと興奮状態にある。生き物のことになると饒舌《じょうぜつ》になる口は普段よりもよく動き、レミーに新鮮な情報を伝え続けた。

ジゼルは浴室を出ると二階にある自分の部屋へと戻った。今日は蛇の捕食《ほしょく》活動に関する考察を書く予定だ。

ジゼルが執筆している間、レミーはトカゲには読めるはずもない文章を目で追ったり、ジゼルの膝《ひざ》の上に乗ってその温かな寝床で惰眠《だみん》を貪《むさぼ》ったりしている。

（あら？　何かしら……）

しばらく考察に没頭していたジゼルだったが、ふと部屋の外が騒がしいことに気がついた。膝の上で微睡《まどろ》んでいるレミーをそっと肩に乗せ、扉を開けて廊下の様子を窺《うかが》ってみる。

部屋の近くで、ジゼルの父親であるレーベンルート辺境伯――マルス・レーベンルートと、家令のジョン、侍女長のエマが、何やら難しい顔をして話し合う姿があった。彼らはジゼルの顔を見るなり早足で近づいてくる。

「先ほど、王都から手紙が届いた。急なことだが、お前に客だ」

レーベンルート辺境伯は、灰色の瞳に難しげな色を浮かばせてジゼルを見据えた。

辺境伯の体躯《たいく》は国防を担う辺境伯らしく非常に逞しいが、顔は知的に引き締まっており、その融合が醸《かも》し出す貫禄《かんろく》は凄まじい。

二年前に、彼の妻でありジゼルの母親のエレナ・レーベンルートが病でこの世を去ってからは、まるで何かから考えを背けるように体をより鍛《きた》えるようになり、その貫禄は以前よりも増していた。

ジゼルはそんな父親を見ながら首をひねった。

「私にお客様、ですか？　珍しいですね、いったいどなたが？」

ジゼルに会いに来る人物といえばオーガスト博士くらいなものだが、彼が来るならば父はあのような言い方はしないはずだ。

父は「まいった」とでも言うようにため息をつく。

「相手は、アルフォンス殿下。夕刻ごろ、こちらにお忍びでいらっしゃるそうだ」

「えっ、ア、アルフォンス殿下ですか!?　な、なぜ!?」

エシュガルド王国王太子、アルフォンス・エシュガルド。

その名前は、世間の情報に疎《うと》いジゼルでもさすがに知っている。実際に会ったことも見たこともなかったが、偉丈夫《いじょうふ》な男前なのだと貴族学校時代に周囲の者たちが話しているのを聞いたことがある。

その雲の上の人が、なぜ辺境で生き物にかまっている小娘なんぞに会いに来るのか。ジゼルには見当もつかなかった。

肩の上のレミーは、ジゼルの動揺を感じ取ったかのように太い尻尾を落ち着きなく振り回している。

「それは私にもわからない。……だがおそらく、レオナルド殿下の関係だろう。今国はその話題で持ちきりだ」

「レオナルド殿下の……？」

ジゼルは日々生き物のことしか頭にないため、レオナルド殿下の話題、と言われても困ってしまった。世間の話題など知る必要もない、とまったく仕入れていなかったからだ。

しかし、その人物の基本的な情報だけならば一応頭には入っている。

アルフォンスの六つ下の弟であり、第二王子のレオナルド・エシュガルド。

金髪で蒼眼《そうがん》の、誰もが見惚れるほどに美しい容姿をした、アルフォンスとはまた違う意味で目立つ男性だと聞いている。

これも、貴族学校時代に周囲の子女たちが黄色い声を上げていたから、情報は嫌でも耳に入ってきていた。

辺境伯は疲れた様子でこめかみを揉《も》んだ。おそらくは、いつものことながら、ジゼルの世間への無関心さに少々呆れてしまったからだろう。

「……この噂も知らないのか。十日ほど前から、レオナルド殿下が行方不明らしい。それで今、王都周辺は慌ただしくしている。こちらにも捜索依頼が来ているのだが……まぁ、お前は知らなかったのだろうな」

「はい。まったく知りませんでした……」

「……まぁ、それはいい。私も、お前には一般的な貴族令嬢としてのものを求めてはいない。だがな、アルフォンス殿下は厳格なお方だ。絶対に無礼は許されない。これから至急、エマたちに行儀の指導を行ってもらう。しっかりと励《はげ》みなさい」

「はい、お父様……」

そのあとジゼルは、エマを筆頭とした侍女たちによって伯爵令嬢として美しく飾り立てられた。

小動物のようなジゼルに似合う若草色のドレスはジゼルの活発さを引き立てながらも、生来の気品を漂わせている。長い赤茶色の髪は複雑な形に結い上げられ、細い首筋は年頃の令嬢ならではの匂い立つような色香を放っていた。

社交界に顔を出す気がないジゼルにとって、このように着飾る経験は幼いころ以来の出来事であり、どこか落ち着かない。

その間、近くの棚の上にいるレミーは何かを熟考しているかのように、尻尾をパタンパタン、と定期的に棚に打ちつけていた。


ジゼルの隣の部屋では、ふたつ下の弟、ラファ・レーベンルートが勉強の真っ最中だった。彼は辺境伯から状況を聞くなり勉強を放り出し、エマと共にジゼルに淑女《しゅくじょ》教育の再教育を嬉々として行った。

「姉様、王太子殿下がお忍びでいらっしゃるなんて非常に幸運ですよ！　ここで姉様の魅力をご理解いただければ、王太子妃も夢ではありません！」

「いや……うーん、それはないんじゃないかしら……」

「何を言っているのですか！　姉様にはそれぐらいの方でなければ釣り合いませんよ！　あのお方には婚約者がいらっしゃいますが、蹴落とす勢いでないと！　もっと強欲になってください！」

幼いころからジゼルが大好きなラファは、まるで女神のように姉を崇《あが》めている。

だがジゼルは、こんな変わり者の小娘を引き取ってくれる男など世間にはそうそういないだろうと思っていた。だからこそ今、将来は穀潰《ごくつぶ》しにならないためにも、生物学者として自立できるよう勉強に勤《いそ》しんでいるのだから。

ラファの父親似の灰色の瞳は、喜色を浮かべていきいきと輝いている。彼は次期辺境伯として培《つちか》った優れた能力を遺憾《いかん》なく発揮して、ジゼルを厳しく指導した。

ラファは今、貴族学校の最終年次を送っている。昼は学校で、それ以外は家で勉学に勤しむ彼は忙しく、あまりジゼルと話す時間もない。ジゼルは、この世で二人きりの姉弟としてラファともっとたくさん話をしたり思い出を作ったりしたいと思っていた。ラファのほうもそれは同様のようだったが、もどかしくも忙しさがそれを許してくれない状況にあった。

夕刻ごろになると、アルフォンスはまだ到着していないというのに、エマとラファから愛の鞭を受けたジゼルはすでに疲れ切ってくたくたになってしまっていた。

烏《カラス》が鳴き、空が茜色《あかねいろ》に染まり始めた時刻。辺境伯邸の敷地内に、馬のいななきと共に馬車の車輪の音が響き渡った。

屋敷の玄関前に停《と》められた黒塗りの馬車から降りてきたのは、エシュガルド王国王太子、アルフォンス・エシュガルド。従者を一人伴っている。

闇色の外套《がいとう》を羽織《はお》ったアルフォンスは、まるで大きな熊のようだった。外套と同じ色の髪を短く刈り上げた強面の顔。はち切れんばかりの筋肉に、見たこともないほどの高い身長。髪と同じ色をした鋭い眼光。一国の次期君主たる堂々とした立ち振る舞いに圧倒されてしまう。

アルフォンスを玄関前で出迎えた辺境伯は、腹に手を当てて紳士の礼をした。

「久方ぶりだな、辺境伯。突然押しかけて申し訳ない」

「滅相《めっそう》もございません、アルフォンス殿下。……こちらが、娘のジゼルでございます」

アルフォンスの鋭い眼光がジゼルに向けられる。

ジゼルは恐怖で張り詰めた体を必死で動かし、付け焼き刃のぎこちない淑女の礼をして、アルフォンスに向かって頭を下げた。

「お、お初にお目にかかります、アルフォンス殿下。レーベンルート辺境伯の長女、ジゼルでございます」

「初めまして、ジゼル嬢。君にも迷惑をかけたな。だが、こちらも至急の用件ゆえ、どうか無礼を許してほしい」

「とっ、とんでもございません。……こ、高貴なる王家の方の……ご、ご用命ですので、なんなりと」

この言葉遣いも先ほどの教育の付け焼き刃だった。だが、まだ少し修練が足りない。

辺境伯がわずかに困った様子で厳《いか》めしい顔をよりいっそう顰《しか》めている。

「……殿下。ひとまずこちらへお越しください。座って話しましょう」

応接室に入ると、アルフォンスはその巨体をソファにみっちりと詰め込んだ。

対面には、ジゼルと辺境伯が許可を得てから腰掛ける。アルフォンスは、席に着くなり飲み物が来るのも待たずに、ジゼルに向かって大きな体を折り曲げ深々と頭を下げた。

「弟が迷惑をかけて、誠に申し訳ない」

だがジゼルには、アルフォンスに謝られるようなことをされた覚えがまったくなかった。

慌てて立ち上がり、必死になって手を横に振る。

辺境伯は、難しい顔をしてその様子をじっと見守っている。

「で、殿下っ！　どうか頭をお上げください！　お、恐れ入りますが、私にはお話がわかりかねます！」

アルフォンスは頭を上げて、何かを探すように周囲を見回した。その視線は、まるで潜《せん》伏《ぷく》する敵を探しているかのように鋭い。

「私は、ある人物を探すためにここに来た」

「あ、ある人物、ですか……？」

「あぁ。ここにいるだろう？　……おかしな金色のトカゲが」

おかしな金色のトカゲ。ジゼルには、もちろん心当たりがある。

（……え、まさか……）

その瞬間、魔法を使える王族であるアルフォンスから言われた「弟」という言葉と、黄金色の親友に感じていた不可思議さが、心の中でぴったりと嚙《か》み合ってしまった。

じわじわと胸が騒ぎ、冷や汗が滲《にじ》み出る。呼吸が速まり、指先がこまかに震える。ジゼルはつい、胸元を両手で押さえてしまった。

そこにいる彼を、無意識に守ろうとして。

ジゼルの反応に、アルフォンスは何かに勘《かん》づいたようで、片眉をぴくりと跳ね上げた。

ジゼルに向かって無骨《ぶこつ》で大きな片手を差し出す。

「そこにいるトカゲを渡してもらおう。それは、私の弟、第二王子のレオナルドだ」

ジゼルは一度大きく深呼吸をしたあと、おずおずと胸元に手を入れた。手で、中にいるその存在を優しく包み込む。

彼は、抵抗しない。

ゆっくりと服から手を出すと、そこにいたのは一匹の金色のトカゲ、レミーだ。

レミーはアルフォンスが来る直前、ジゼルの胸の谷間にいきなり飛び込んできたのだ。このようなことは初めてで、ジゼルも非常に驚いた。だがトカゲの彼なりに何か異変を感じ取ったのだと思い、大人しくしているように言ってそこにいさせていた。

レミーは今、ジゼルの手のひらの上で、アルフォンスに向かって口を大きく開けて威嚇《いかく》している。

アルフォンスはそんなレミーを見つめながら、呆れたように目を細めた。

「……お前、なんというところにいるんだ。……もう諦《あきら》めろ、レオナルド。お前がいないせいで公務が滞《とどこお》っている。これ以上王族としての責務を放棄するのならば、実力行使もやむを得んぞ」

レミーはわずかに動きを止めたあと、とぼとぼとジゼルのほうに向き直り、ため息をつくような仕草《しぐさ》で頭を下げた。アルフォンスの手のひらには乗らず、ジゼルの手のひらから床にポトリと落ちた彼は、その体を徐々に変容させていく。

まるで、生き物の成長を早回しで見ているかのようだった。

トカゲの体がぐんぐんと大きくなるのと同時に、その頭は金色の髪をした人間のものへ、体は紺色の衣服をまとった人間のものへと変化していく。太い尾はするすると引っ込み、衣服と同化して跡形もなくなった。

わずか数秒後、そこに立っていたのは、金色の柔らかな髪を輝かせた一人の男性だった。すらりと高い背に、透き通ったサファイアのような蒼い瞳。どこか儚《はかな》げな美麗《びれい》な顔は、今は色気のある憂《うれ》いを帯《お》びている。紺色の衣服には、二匹の蛇が円形に絡み合っている刺《し》繍《しゅう》――王家の紋章が縫いつけられており、それを着た者がどこの誰なのかひと目でわかるようになっている。

そう。彼は、エシュガルド王国第二王子、レオナルド・エシュガルド。あまりの衝撃で心ここにあらずだったジゼルでも、しっかりとそれは理解できた。

不意にレオナルドはジゼルの傍《かたわ》らへ跪《ひざまず》くと、そっと彼女の手を取り持ち上げた。ジゼルの目を熱い視線でひたと見上げる。

その様子は、まるで御伽噺《おとぎばなし》に出てきそうなほどに麗《うるわ》しい。世のご令嬢たちが見たら、自分もその対象になりたいと歯噛みをするだろう。ジゼルは無表情で見下ろしながら、そう他人事のように思った。

「黙っていて、すまなかった。私の、レミーの本当の名は、レオナルド。人間なんだ。……ジゼル、ずっと……私を助けてくれた君を愛していたんだ……！　頼む、どうか、私と結婚してほしい……！」

唐突な求婚を受けながら、ジゼルの脳裏にはこれまでの十年間が走馬灯のように甦《よみがえ》る。

彼を助けたときのこと。

彼に語りかけた数々のこと。

眠る彼を膝に乗せて、そのなめらかな皮膚を撫《な》でたときのこと。

彼と一緒に浴室で汗を流したこと。

彼を胸の秘密の谷間へと隠していたこと。

どれもこれもが、この麗しい人間ではなく、あの不可思議なトカゲだったからしていたことだ。

もし、正体を知っていたとしたのなら――。

(愛している……？　愛していたら、何をしてもいいの？　隠しごとをしてもいいの？　本当は人間だったのに、黙っていてもいいっていうの……!?)

ジゼルの目にはぶわりと涙が溢れ出し、静かに頬を伝い落ちていった。

正体を隠されていたことに対する、裏切られたという気持ち。見知らぬ男に裸や、自分の心のすべてをさらしていたという羞恥心《しゅうちしん》。

レミーのことは不思議だとは思っていた。だがまさかその姿が偽物で、正体がこの国の王子であったとは。

疑いもせずにレミーを信じていた自分が情けなくて、ジゼルはただ唇を引き結んで涙を流す。

それを見たレオナルドは、まるで自らが傷つけられたかのような悲しげな顔をした。

「ジゼル、すまな――っ」

ふとジゼルは握られた手を思いきり振り払うと、その勢いのまま目の前の男の頬を力のかぎり引っ叩《ぱた》いた。ぱしん、と乾いた音が部屋に響き渡る。

「愛しているですって……？　ずっと騙《だま》していたくせに……！　親友だと思っていたのに……！　二度と……二度と私の目の前に現れないでっ!?」

ジゼルは勢いよく啖呵《たんか》を切ると、そのまま走って応接室から出ていった。

その場に残されたもとトカゲ――レオナルドは、恍惚《こうこつ》とした表情で叩かれた赤い頬を押さえ、その背を見送る。

そのレオナルドの姿を、まるで化け物でも見るかのような表情で、彼の兄であるアルフォンスは見つめていた。

第二章　ジゼルとレミーとレオナルド

ジゼルとレミーの出会いは、十年前。ジゼルが九歳のころの、嵐の日のこと。

空には灰色の雲が立ち込め、湿った風が強く吹いている。正午だというのに太陽はその姿をまったく見せず、まもなく嵐がやって来そうな、そんな日に出会った。

ジゼルは嵐に備えて、父親である辺境伯と弟のラファ、数人の侍従たちと手分けをして、屋敷の点検や補強を行っていた。

本来ならば、こういったことは辺境伯自らがやるような仕事ではない。だが父は調理や清掃、身支度など、生きるために必要なことはできるだけ自分でも行う性格で、それを自分の子供たちにも求めた。

ジゼルもあまり詳しくは知らないが、その貴族らしからぬ性格は、かつて父がただの傭《よう》兵《へい》だったことに起因するらしい。

屋敷の周囲を一人で点検していたジゼルは、ふと裏庭の地面に何か赤いものが点々と道《みち》標《しるべ》のように散っていることに気がついた。

最初は小さな花かと思ったが、近づいてよく見れば赤い液体が地面に染みを作っているのだとわかった。その赤い染みは、まるで血液のようで——。

血液が散っているなどただごとではない。もし怪我人がいるのであれば早く見つけなくては、すぐに嵐が来てしまう。

慌てて道標の先をたどると、近くの切り株の上に何か赤いものが乗っていた。

小走りで近づいて確認すれば、それは一匹の、片方の手のひらにおさまるほどの小さなトカゲだった。

ぐったりとしていて尻尾は途中で千切れ、体中からは血が滲んでおり、本来は美しいであろう金色の皮膚は血と泥で汚れてしまっている。

ジゼルは今すぐ事切れてしまいそうなトカゲの姿に衝撃を受け、持っていたハンカチで小さな体を震えながら包み込むと、父親を探して全速力で駆けた。

途中で眦《まなじり》から涙が溢れていたが、拭うことなどできなかった。小さな命が消えてしまう前に早く助けなければならない、と子供ながらに強く感じていた。

「おとうさま！　助けて！　トカゲさんが！」

泣き叫びながら走ってくるジゼルに、一階の窓を外から点検していた辺境伯が気づき慌てて駆け寄る。辺境伯は血だらけのトカゲを受け取ると、一瞬目を見張ったあと、今度はぎゅっと眉を顰めた。

「……これは。できるだけ努力はしてみる。だが、覚悟はしておきなさい」

「そんなぁ……っ」

辺境伯は、医者でもなければ獣医でもない。ただ一般的な応急処置をトカゲに施《ほどこ》すと、あとは生命力に賭けるしかない、とジゼルに諭《さと》す。

しかしジゼルは、小さな命を絶対に助けてみせる、と強い決意を胸に抱いた。

トカゲを腕に抱きつつ、ろくに眠りもせずに本を読んで生態を勉強し、世話をし、傷口を手当てした。

トカゲの餌は昆虫であることが多いようだが、なぜかこのトカゲは昆虫を近くに持っていくと嫌がるように顔を背ける。

なのに、トカゲの世話をしながらジゼルが夜食として飲んでいた山羊の乳に向かって顔を向け、飲みたいと言いたげに舌をちろりと出していた。

まさかとは思いつつも小さなスプーンでトカゲの口の目の前に山羊の乳を持っていくと、トカゲは舌をちろちろと動かして必死になって飲む。

ジゼルは、このトカゲは普通とは少し違うようだ、と、どことなく悟った。

そうしたジゼルの努力が実ったのか、今にも命の灯火が消えそうだったトカゲは徐々に元気を取り戻していく。保護から二日後には、無事生命の危機を乗り越えることができたのだった。

夜、寝台の片隅で眠るトカゲの横に、ジゼルは寝そべっていた。トカゲのなめらかな皮膚を手のひらで撫でながら、優しく語りかける。

「よくなってよかったね。もしキミがいなくなっちゃったら、わたし、すっごく悲しいよ」

トカゲはジゼルの目を見ながら、まるで小首を傾げるように顔を傾かせた。

どうして、と言っているように、ジゼルには見えた。

「どうしてって……。だって、キミはとっても頑張って生きているのに、それなのに、あんなにかわいそうに傷ついて……」

ジゼルの目に、涙の雫がぷくりとふくれ上がってくる。トカゲはまるで慰めようとするかのように、ジゼルの手に顔をこすりつけた。

「ふふっ、ありがとう。キミは……あ、キミじゃ失礼だね、名前をつけよっか。うーん、そうだなぁ………レミー。レミーにしよう！　ねぇ、それでいい？」

トカゲ、もといレミーは、嬉しそうに何度も頭を上下に振った。口元も、まるで微笑《ほほえ》んでいるように弧《こ》を描《えが》く。

「ありがとう、レミー。……あのね、学校のみんなはわたしのこと、生き物にかまってばかりの変な子だって言うの。だから、友達がいないんだ……。ねぇ、レミーは、わたしの友達になってくれる……？」

ジゼルはずっと幼いころから生き物が好きで、食事より遊びより、何より生き物と触れ合い、彼らについて知ることを優先して生きてきた。

そんなジゼルを、貴族学校の周りの者たちは「変わり者」と呼び、あまり近寄らない。

それでも、いつだったか「これではいけない」と奮起《ふんき》して友人を作るために周囲の者に話しかけてみたことはある。そのときも上手く会話が続かず気まずい雰囲気になってしまい、ジゼルは人と交流を深めることに――人と接することに、苦手意識を抱くようになってしまっていた。

周囲の者たちが今話題の劇の感想や菓子店の話などで楽しげに盛り上がるのを見ながら、それらに興味を持つことができず、いつも心に孤独を抱えていた。

レミーは大きく頷《うなず》くと、目を細めて、まるでにっこりと笑っているような表情をした。

「……！　やったぁ！　ありがとう、レミー！」

ジゼルも太陽のような明るい笑顔を返し、レミーのなめらかな皮膚に頬ずりをした。


友達になった二日後。レミーは、忽然《こつぜん》と姿を消した。ジゼルが家中くまなく探してもどこにもおらず、痕跡《こんせき》も見当たらない。

もしや、家の外に出て野鳥や獣に襲われてしまったのではないか。まだ回復しきっていないというのに、危ない目に遭《あ》ってしまっているのではないか。

ジゼルは心配でレミーの名を呼びながらひたすら探し続けたが、彼が姿を現すことはついぞなかった。

ほぼ同時期に、エシュガルド王国第二王子・レオナルドの暗殺未遂事件が世間を賑《にぎ》わせていたが、外の世界にまったく興味がないジゼルが気に留めるわけもなく、初めての友達を突然失ってしまった悲しみに打ちひしがれた。

その後ひと月ほど経《た》ったとき。

ジゼルのもとに、またふらりとレミーが現れた。

ジゼルはレミーが生きていたことに安堵し、友達に再び会えた喜びと、突然いなくなってどれだけ悲しかったかを素直に打ち明けた。レミーはそれを聞くと、申し訳なさそうにジゼルの手に顔をすり寄せる。

ジゼルは会えなかったひと月の間にあったことをレミーに一日中話し続けた。レミーもまた、嬉しそうに頭を縦に振って聞いていた。

このまま一緒にいてくれるかと思っていたが、レミーは次の日にはまた姿を消してしまう。そしてさらにひと月後、ひょっこりと姿を見せてくれた。

本当はいつも一緒にいてほしかったが、レミーにも何らかの都合があるらしい。ひと月ごとに会いに来てくれることがわかってからは、ジゼルが悲しむことはもうなかった。

ひと月経てばレミーに会える。

だから、会えたときにたくさん話せるように、ジゼルは日々の楽しかったことや面白かった出来事などを心に留めるようになっていった。

出会いから十年続いていた月に一回の交流は、ジゼルにとって何よりも楽しみにしていた大切な時間といえる。

——ただし、レミーの正体がレオナルドだと暴かれるまでは、の話だが。

＊＊＊

（結婚してほしいって、いきなりなんなの？　騙しておいてなんなのよ……！　意味がわからない！）

アルフォンスが来た——つまりレミーの正体がわかった、二日後の早朝。

ジゼルは怒りにまかせて、大量の野菜をナイフで力まかせに切り刻んでいた。

ザクッ、ザクッと荒々しい音が響く。傍で控える侍女たちが不安そうな顔でジゼルの手元を見つめている。

この野菜はジゼルが飼っている可愛い動物たちにあげるためのものなのだが、ナイフを叩きつけるような勢いで力強く切り刻まれるせいで、野菜がボードから飛び出ては床へいくつも落ちていく。それらをバケツの中に乱暴に突っ込むと、ジゼルは憤怒《ふんぬ》の形相のまま鼻息荒くバケツを抱えた。

一昨日、ジゼルが思わずレオナルドの頬をはたき、応接室を飛び出したあと。

辺境伯は娘の無礼を謝罪したあと、アルフォンスから今回の事情を聞かされた。

アルフォンスによれば、レオナルドはトカゲを含むさまざまな動物に変身する魔法を使うことができるのだという。

どうやら、その力を使って月に一度城を抜け出しては、トカゲのレミーとしてジゼルのもとに訪れていたらしい。

レオナルドは優秀で能力が高く、月に一度こっそり抜け出したからといって執務に支障が出ることはない。

たった一日の息抜きならば、とアルフォンスも今までは行き先も告げず城を抜け出すことに目を瞑《つむ》っていたが、今回は十日間も戻らず連絡もなかったため、レオナルドの行方をひそかに捜索した末に辺境伯領にたどりついたとのことだった。

ちなみに頬をはたかれ拒絶されたレオナルドは、辺境伯とアルフォンスが会話をしている最中ずっとソファに座ったまま、物憂《ものう》げな顔でジゼルの名を呼んでいたという。

しかしそれはジゼルにとってはどうでもいい――というよりも、さらにレオナルドへの苛立ちが増す情報なだけだった。

辺境伯はジゼルにアルフォンスとレオナルドの事情を説明したあとに、ジゼルが王族に手を上げたことについてきつく叱《しか》った。

いくら腹を立てたからとはいえ、王族に手をあげていいわけがない。応接室から退出して自分の部屋に戻ってからやっと冷静になったジゼルも、父親が処罰されるかもしれないと少々心配になっていた。だから、素直に父の叱責に耳を傾けた。

辺境伯である父親は普段から厳しい人物だ。怒らせたら本当に、涙が出るほどに恐ろしい。しかし、なぜかわからないが父はすぐに怒りをおさめた。

ジゼルは父親から厳しく叱責されなかったことに安堵するばかりで、その理由について深く考えることはしなかった。

ジゼルはバケツいっぱいの野菜を抱えて屋敷を出ると、いつもより足音を激しく立てさせながら牧場へ向かって歩いていく。二日経った今でも、十年も騙されていた怒りで腸《はらわた》は沸々《ふつふつ》と煮えくり返っている。

ジゼルの後ろから、家令のジョンがおずおずと追いかけてきた。もともと八の字を描いている眉を、今はさらに情けなく下げている。

「お、お嬢様、お手紙が届いていらっしゃいまして……」

ジゼルには差出人に見当がついている。後ろを振り返り、つい冷めた目でジョンを見てしまった。

「『彼』からの手紙なら、受け取らないわ」

珍しく尖《とが》った声を出すジゼルに、ジョンはおろおろと狼狽《うろた》える。

「そうおっしゃられましても……私にはどうしようもできません」

本当に『彼』からの手紙であるならば、それはつまり王族からの手紙ということ。家令であるジョンは、宛名の人物に確実に届けなければならない。でないと文字どおり首が飛ぶ可能性がある。

ジゼルは口元をひん曲げておざなりにバケツを床に置くと、ジョンの手からさっと手紙を奪い取った。それを裏返し、念のため差出人を確認した瞬間――。

――ビリッ！　ビリッ！

手紙を、派手な音を立てて破り捨てた。

「あぁ……！」

蒼白な顔をするジョンを置き去りにして、一瞬前には手紙だったはずのものをくしゃくしゃに丸める。再びバケツを持って牧場に行き、手紙だったものは肥料に混ぜて捨ててしまった。


翌日も、その翌日も、手紙はジゼルのもとに届き続けた。十日経ってもそれは変わらず、届いた手紙はすべて畑の肥やしになっていた。

手紙が届き続けて十日目の夜。

もう寝る間際だったジゼルのもとに、不意に辺境伯が訪れた。ジゼルの部屋に入り椅子に腰掛けた彼は、珍しく顔に戸惑うような表情を浮かべている。

寝台の上で分厚い本を読んでいたジゼルはというと、レオナルドへの怒りは少しだけ落ち着いたものの、まだ腹の底をむかむかと気持ち悪くさせていた。

「……ジゼル。レオナルド殿下からの手紙は読まないのか？」

「ええ、読みません。読む価値がありませんので」

「……」

無言になる父の気持ちを、ジゼルはどことなく悟る。

「……まさかですが、お父様はあの男の肩を持つおつもりですか？」

辺境伯は少しの間だけ目を瞑ると、再びジゼルを見つめた。普段は感情を表すことが少ない瞳は切なく哀愁が漂っていて、今父が誰を思い出しているのかジゼルにもはっきりとわかるほどだった。

「愛されるということは、女にとって幸せなことだ」

その言葉を聞いた瞬間、目が眩《くら》むような怒りがジゼルを襲った。本を抱えていたジゼルは、バタン、と勢いよく本を閉じる。

「愛しているなら何をしてもいいと？　騙してもいいと言うのですか!?」

「確かに、自分の正体を黙っていたことはよくないことだ。だが、孤独だったお前を癒《いや》したのは誰だ？　お前の心の支えになっていたのは誰だ？」

「そんなの……っ」

思い出すのは、十年間にも及ぶレミーとの日々。彼は相槌を打つだけで話したりはしなかったが、それでも二人の間にはしっかりとした絆が結ばれていたと思う。

レミーへの信頼とレオナルドへの怒りが、心の中でぐるぐると混ざり合う。

レオナルドのことは許せない。けれど――。

ジゼルは、膝に抱えている本をぎゅっと強く握り締めた。

「もしかしたら、殿下にも何かわけがあったのではないのだろうか。少し、挽回の機会を差し上げてもいいのではないか、と私は思うのだよ」

「……」

（レミー……いや、レオナルド殿下。貴方はどうして私を愛しているというの？　どうして人間であることを黙っていたの？　……私は、貴方のことを何も知らない）

父親の言葉は楔《くさび》のように、ジゼルの心へ深く深く突き刺さる。

翌日届いたレオナルドの手紙は、十一枚目にして、ようやく破られずに封が切られた。

＊＊＊

時は、アルフォンスたちが辺境伯邸をあとにした直後に遡る。

レーベンルート辺境伯領から王城へ向かう馬車の中では、アルフォンスとレオナルドが対面に座っていた。

アルフォンスが厳しい表情で非難の眼差《まなざ》しを弟に向けているのに対し、レオナルドは窓枠に肘《ひじ》をついて物憂げな表情で外を眺めている。

ふとレオナルドが、外に視線を向けたまま口を開いた。

「……兄上。よく僕の居場所がわかりましたね」

「苦労したぞ。おかげでここに来るまで十日かかった」

「十日、ねぇ。……ははっ、さすが兄上です。もっといけると思ったのですが」

レオナルドは不貞腐《ふてくさ》れた表情で馬車の座席に行儀悪く仰向けに寝そべる。黄金色の髪がさらりと下に流れ、燭台《しょくだい》の光が赤く腫《は》れた左頬を照らし出す。

レオナルドが片手を宙に掲げると、何もないところからいくつかの水の球体が突如として現れ、ふわふわと空中に浮いて彼の手の周りを遊びまわった。

レオナルドの魔法を操る能力は王家の中でも随一。

アルフォンスを含むほとんどの王家の者は、この世にすでに存在している炎や水、物質を移動させたり形を変えたりするくらいしかできないのに対して、レオナルドは無から有を生み出すことができる。

そのうえ、レオナルドの変身の魔法はエシュガルド王国を建国した初代の王にしか使えないとされていたもの。

今現在、この魔法を使えるのはレオナルドただひとりだ。

「彼女が、あのときの恩人で間違いないいな？」

十年前に起きた暗殺未遂事件。

姿を消したレオナルドの捜索を必死にする中、彼はふらりと王城に帰ってきた。何があったのか、と国王が問うと、レオナルドは「とある人に救ってもらった」としか答えなかった。

もちろん、国王は息子の命の恩人が誰なのかを聞き出そうとしたが、レオナルドは頑《かたく》なに恩人の名前を言おうとしなかった。

それでもしつこく問いかけ続けた結果、九歳だったレオナルドがようやく絞り出した言葉が、これだった。

——だめです。言ったら……あの子が、僕から逃げてしまいます。

その言葉を聞き、切なく乞い願うような表情を見たとき、アルフォンスはその『恩人』が異性であることと、この弟が初めての恋に落ちたことを漠然《ばくぜん》と理解した。

レオナルドが手首をくるくると回すと、ふわりと浮かぶ水球も楽しそうに回転する。手首を逆に回転させると、やはり水球もその方向へゆっくりと回転し始めた。

「そうですよ、可愛いでしょう？　僕の最愛の人です。彼女が必死に助けてくれなければ、僕はあのとき死んでいましたから。彼女は僕の恩人であり……僕のすべてなんです」

「……普通に、最初から王子だと告げて求婚すればよかったのではないのか？　家格の釣り合いは取れているだろうに」

レオナルドは蒼い瞳を恨めしげにアルフォンスへ向けた。

「もう、兄上は全然わかっていらっしゃらない。ジゼルは人間が苦手なんです。僕がトカゲだったからこそ、あんなにも心を開いてくれていたのですよ。だからこそ今まで、あの姿で彼女のことを探っていたのですから」

「……それは少し、陰湿ではないか？」

「そうでもしないと、意外と臆病な彼女は逃げてしまいますから。レミーの姿で得た情報をもとに、外堀を埋めてから来年彼女に求婚する手筈だったのですが……今日兄上が来たせいで台無しになってしまいました」

「勝手に抜け出したうえに、連絡も寄こさないお前が悪い。謝りはしないぞ」

レオナルドは不機嫌そうに唇を尖らせ、アルフォンスから目を逸らす。

「はいはい、そうですか。もう少ししたら帰るつもりではいたのですよ、一応。……あぁ、念のために言っておきますが、ジゼルに手を出したらいくら兄上でも許しませんからね？」

「そんな真似《まね》をするわけがないだろう。……だが、彼女が嫌がるのなら無理に関係を迫ろうとはするなよ。これは、兄としてではない。男としての忠告だ」

レオナルドは水球を操っていた手をぐっと握り締めた。同時に水球も空間に吸い込まれ、初めから存在していなかったかのように忽然と消え失せる。

「まぁ、そんなに心配しなくても大丈夫です。ジゼルと僕は運命という名の糸で固く結ばれている。今は混乱しているだろうけれど……最後は必ず受け入れてくれるはずです」

レオナルドは握っていた拳《こぶし》をゆっくりと開く。手の中では、水で形作られた人形がレオナルドに微笑みかけていた。

笑顔の口元から覗くやや大きめの前歯。小動物のような愛らしい容貌。

人形の見た目は、誰がどう見てもジゼルだとわかる。レオナルドはうっとりとした表情で優しく人形の頭に口付けると、満面の笑みを浮かべた。

――最愛の人を想うにしては瞳の奥を昏く淀《よど》ませ、不自然なほどに口元を吊り上げている笑みを。

『狂気』という言葉にふさわしい表情があるとすればまさにこれではないか、とアルフォンスは寒気がした。

「……なぜ、今回はこんなにも長く抜け出したんだ」

レオナルドは水の人形をそっと消し去ると、今度は両手を頭の下に敷いて枕にし、むくれた表情で目を瞑った。

「国王《ちちうえ》がうるさいのですよ。見合いだの婚約だのと。僕はジゼル《恩人》以外とは結婚する気はない、と何度も申し上げているのですが」

「仕方ないだろう。お前が彼女の名前を言わないまま十年も経つ。来年には二十歳になるんだ。父上とて、国を守るためにお前の結婚を考えていかなければならない」

「僕にまかせてほしいとあれほど言っているのに……」

「それなら、お前もそれなりの対応をする必要があるだろうに。本当に王族としての自覚があるのか？」

「んー……あまり？」

「……はぁ。あまり我儘を言いすぎると、父上も黙っていないぞ」

「そうしたら、僕はこの国から出ていきますからね。ジゼルを連れて」

冗談とは思えないレオナルドの台詞に、アルフォンスは頭が痛くなった。

レオナルドは美麗な容姿をしているだけでなく、稀有《けう》な魔法を操る能力を持ち、頭脳も明晰《めいせき》で判断力や実行力にも優れている。

第二王子として、未来の王弟として、内政に外交にと活躍することを臣下から期待されているのだ。そのレオナルドが出奔《しゅっぽん》すれば、国内は大きく揺れるだろう。

それくらいわかるだろうに、レオナルドは簡単に出奔などといった言葉を口にする。

ジゼル以外に興味がないからだ。

レオナルドにとって王族としての責務など、ジゼルと比べてしまえば、水面に浮かぶ葉よりも軽いものに違いない。

そのくせ興味があることには粘着質で執念深く、手に入れるためには手段を選ばない。まるで子供のように自己中心的なところがある。

アルフォンスは、深く深く、腹の奥からため息をついた。

レオナルドの性質について、アルフォンスと父親である国王は何度嘆《なげ》いたことだろう。

ふとアルフォンスは、レオナルドが赤くなった頬を押さえて幸せそうに微笑んでいることに気がついた。思わず眉を顰め、気持ち悪い虫でも見るかのような目を弟に向ける。

「……先ほどもだが、なぜ叩かれたのに幸せそうにしているんだ」

「ふふっ。だって、ジゼルが初めて本当の僕に触ってくれたのですよ？　この痛みも、幸せな思い出です」

アルフォンスは額を押さえて首を横に振った。同じ親から生まれ二十年近くも一緒に過ごしてきたというのに、弟のことがまったくもって理解できない。

当のレオナルドは幸せそうな表情のまま、宝石のように美しい蒼い瞳を馬車の外へと夢見るように向けている。

「絶対、手に入れてみせるよ、ジゼル。……あぁ、早く君と一緒になりたいなぁ……」

アルフォンスは、この歪《ゆが》んだ弟に想われる子リスのような令嬢のことを哀れに思った。

第三章　謝罪と弁解、そして執念

レオナルドからの手紙が届き始めてから、十一日目の朝。

ジゼルは自室で顔を顰めながら、机に置かれた一通の手紙を眺めていた。封蝋《ふうろう》には二匹の蛇――王家の紋章が描かれている。つい先ほど届いたばかりの、レオナルドからの十一通目の手紙だ。

レオナルドからの手紙を、ジゼルは初めて破らずに受け取ったのだ。ジゼルの右手には銀色に光るペーパーナイフが握られているが、封を開けるか否かでしばし悩んでいた。

（……まぁ、別に……読むだけ、だもの。そんなに気負うことはないわよね）

軽い音を立ててペーパーナイフが手紙の封を切る。ようやく役目を果たすことができたナイフを鞘にしまって机の上に置くと、便箋を取り出し目の前に広げた。

ぴっちりと折りたたまれた便箋には、書いた人物の美貌をそのままに表す流麗な字が綴《つづ》られている。

『ジゼル・レーベンルート嬢
この手紙は、十一通目になる。
優しい君なら、そろそろ読んでくれているだろうか。

この前は、情けないところを見せてしまって本当に申し訳ない。

君を想う気持ちが強いばかりに、君の気持ちも考えずに、つい先走ってしまった。

もしよければ、昔の話をしてもいいだろうか。


私が九歳だったころ。出かけた先で、暗殺されそうになったことがある。

護衛も殺され、まだ魔法の力が弱かった私は抵抗もできず、そのとき唯一変身できたトカゲになって、命からがら逃げのびた。

追っ手が来るかもしれない。野鳥や野犬に襲われるかもしれない。

助けも呼べず、たった一人で死の恐怖に怯《おび》えながら、幼かった私は生に縋《すが》った。

そんな死ぬ直前だった私を助けてくれたのが、ほかならぬ君なんだよ、ジゼル。


君の、私を包んでくれた温かな手の感触は、今でも鮮明に覚えている。

頑張れ、と励ましてくれた声も、ずっと耳に残っている。


君は私の命の恩人であり、光であり、すべてだ。

君がいなければ、私はもう生きていけない。

あのときから、君だけをずっと愛している。


どうか、この溢れる想いを知ってほしい。

できれば、もう一度だけ君と直接会う機会を私にくれないだろうか。


遅くなってもいい。

いつまでも、返事を待っている。

レオナルド・エシュガルド』

ジゼルは手紙を読み終えると、目を瞑って意識を十年前に飛ばした。

嵐の日に切り株に寝そべっていた、血だらけの弱ったトカゲ。

あのとき、レミー、いやレオナルドは暗殺されそうになっていて、そんな彼をジゼルは知らず知らずのうちに助けていたのだという。彼が陥《おちい》っていた状況を考えると、レオナルドの「ジゼルを愛している」との主張もわからなくはない気がした。

だが、ジゼルのもうひとつの疑問、なぜ正体を隠していたのか、ということに関してはこの手紙には書かれていない。それを知らなければ、彼とこれからの関係を築くことはできないだろう。

(……直接、か。……そうね。貴方の口からちゃんと理由を聞かせてもらうわ。きっと、そのほうが納得できる気がするから)

ジゼルは机の引き出しから一枚の便箋を取り出すと、羽根ペンにインクをつけて、わずかに迷いながらも文字を綴った。

『レオナルド・エシュガルド殿下

お手紙拝読いたしました。
つきましては、一度会ってお話をさせていただきたく存じます。
都合は、そちらに合わせます。

ジゼル・レーベンルート』

ジゼルは簡素で簡潔な手紙を封筒に入れると、紅色の蝋《ろう》を燭台の火で炙《あぶ》って溶かす。ポトリと蝋が落ちたところに、鷲《わし》が翼を広げている意匠《いしょう》の印――レーベンルート辺境伯家の紋章の印を押した。

ジゼルは手紙を家令のジョンに預けると、特に何も思うこともなく、また普段の生活に戻っていった。

レオナルドからの返事は、五日後に届いた。手紙を開くと、そこには前回より幾分か震えた文字が綴られている。

この手紙が届くまで毎日レオナルドから謝罪の手紙が届き続けていた。ジゼルはそれらにも一応目を通していたが、十一日目に届いた手紙とほとんど同じ内容が綴られていた。

『ジゼル・レーベンルート嬢

手紙を読んでくれて、ありがとう。
返事をくれたことが、私はとても嬉しい。
この胸の高鳴りを、君に聞かせたいくらいだ。

次の休日の、昼過ぎにそちらに伺うよ。
早く君の可愛らしい顔が見たくてたまらない。
こんなに一日一日が長く感じるのは、生まれて初めてだ。

レオナルド・エシュガルド』

レオナルドからの今までの手紙には、可愛いだとか愛しているだとか、ジゼルのことを好きだという主旨の言葉が綴られているが、心に響くことはない。

ジゼルは眉根に浅い皺《しわ》を作りつつなんとも言えない気持ちで手紙をたたんで、机の引き出しにそっとしまい込む。背表紙に『水辺に住む生物の生殖と成長』と書かれている分厚い本を手に取り読み始めた。

今日こそはこの本を読んで、蛙の生態——特に生殖活動について勉強する予定である。エシュガルド王国の北方に生息する、とあるトカゲについての論文を書くようオーガスト博士から課題を出されているからだ。

課題の論文執筆のために勉強をしたいのだが、ここ最近はなんとなく気分が乗らず放置してしまっている。

もちろんその理由は、言うまでもない。


そして迎えた休日の朝。

ジゼルはまたもやエマの手によって、令嬢として煌《きら》びやかに飾り立てられた。

今日のドレスは向日葵《ひまわり》のような明るい黄色が眩《まぶ》しいドレスだったが、王太子アルフォンスを出迎えたときよりも簡素なものである。

ジゼルが「あまり煌びやかになりすぎないように」とエマに強く言ったからだが、それでもいつもの質素なワンピースと比べれば遥かに華やかだ。

　これではまるで、ジゼルがレオナルドを歓迎しているように見えてしまう。

（今日は、あくまで彼の言い分を聞くだけなのに……）

　父に諫《いさ》められて以来、レオナルドに対する意識は少し軟化していた。だが、それでもまだ彼に対する怒りは腹の奥にこびりつき、胸を騒《ざわ》つかせている。


　客人を迎える準備を終えて自室で本を読んでいたジゼルのもとへ、不意に弟のラファが訪れた。部屋に入ってきたラファは不機嫌を隠そうともせず、ぶすっとした表情で窓際にある椅子に腰掛ける。強い視線でジゼルの目を見据えた。

「これからあの男と会うのですか？」

「……うん。やっぱり、しっかり話を聞かないといけないいな、と思って」

「なぜですか」

「……私が、納得できないから」

　ジゼルは本を閉じて斜め下を向き、自分の心を見つめる。

　ラファは灰色の瞳に嫌悪の色を浮かばせて、視線を窓の外へと鋭く投げた。レミーの正体について、辺境伯からラファにもすでに話していると聞いている。

「何を聞くというのですか。あの男はトカゲの姿で姉様の裸を見ていたりしていたというのに。……王族とはいえ、下劣《げれつ》な男です」

「そう、なんだけどね。……でも今思うと、彼はずっと見ないように気を遣ってくれていたな、とも思うの」

ラファはジゼルに聞こえないほどの小さな舌打ちをすると、嘆くように頭を振った。

「姉様は優しすぎます。そのように接していたらすぐに食われてしまいますよ」

「……食われる？」

何を食われるというのだろうか。まったく意味がわからないジゼルに、ラファはなぜか遠い目をしてため息をついた。

「言っておきますが、殿下とはいえ、僕はあの男が嫌いです。卑劣にも姉様を騙していた男に、僕の姉様をまかせることなど絶対にできません。……何かあったら、僕が守りますからね」

「……ありがとう……」

ラファの灰色の瞳は、真摯《しんし》にジゼルを見つめている。ジゼルは、少し潤んでしまった自分の瞳を見られないようにさりげなく顔を横に背けた。

ジゼルは、レミーというかけがえのない親友を失ってしまった。しかし、ジゼルの周りには自分のことを真剣に考え、愛してくれる者たちがいる。それが、どれほど貴重で有り難いことなのか。

ジゼルはそのことを感謝しながら、弟の優しさを改めて噛み締めていた。

その日の昼過ぎ。

供をつけずに自ら馬に乗って辺境伯邸に現れたレオナルドは、今日は赤銅色の華やかなスーツを着こなしている。

その色はまるで、ジゼルの髪色を選んだかのよう。

いや、確実に意識しているだろう。

呆れのような、ある種の感心のような、なんとも言い難い気持ちが心に滲み、頬がぴくりと痙攣する。渋々レオナルドに向かって淑女の礼をし、さっさと頭を上げてふいと無愛想に横を向いた。

たった一秒ほどのそれはアルフォンスに見せたものよりもなめらかなものだったが、まったく気持ちがこもっていないことが誰にでもわかる。

歓迎されていないことが明らかなのにもかかわらず、レオナルドは色白の頬をふわりと紅潮させた。蒼い瞳も熱を帯びて、ひたとジゼルを見つめてくる。

「ジゼル、手紙の返事をくれてありがとう」

「……」

「辺境伯、貴方にも感謝を。本日は世話になるよ」

辺境伯は礼をしていた頭を上げて、押し黙ったままのジゼルを横目で一瞥《いちべつ》する。呆れたようにため息をつくと、ゆるりと手を上げて来訪者を案内した。

「こちらこそ、わざわざお越しいただき恐縮でございます、レオナルド殿下。先日に続き無作法な娘で誠に申し訳ございません。……遠いところまでようこそおいでくださいました。応接室までご案内いたします」

応接室で揃って席に着くと、侍女によってすぐに温かい紅茶が三人の前のローテーブルに配られる。レオナルドは美しい所作で紅茶のカップに手をつけたが、ジゼルは膝の上で手を固く握り締めたまま、さっそく口を開いた。

「単刀直入にお聞きいたします。なぜ今まで、本当のことを私に黙っていらっしゃったのですか」

ジゼルの鋭い声に対し、伏し目がちに紅茶を飲んでいたレオナルドはちらりと視線を上げてジゼルを見た。いったん視線を紅茶に戻して優美な仕草でカップをソーサーに置くと、再びジゼルの目を見つめる。

「手紙でも説明したが、ジゼルと初めて出会ったとき、命に関わるほどの大怪我を負っていた。……変身の魔法は、かけるのも解くのもかなりの体力を消耗してしまう。あのときの私は、もう変身も解けないほど力を失ってしまっていたんだ。だから、トカゲの姿のまで君に接していた」

「では、回復してからは？　次に会いに来られたときは？　いつでも変身を解いて話す機会はあったはずです」

ジゼルは間髪容れずに言葉を返す。その横で、辺境伯はわずかに瞠目《どうもく》しつつ自分の娘を見ていた。ジゼルは基本的には温厚な性格をしている。他人に対してこのように苛烈な言動をとるなど、今までにないことだった。

レオナルドは背を伸ばし、そんなジゼルの瞳をまっすぐに見据えた。

「君が、家族やこの屋敷の者以外に心を開いていないことは、あのときの私でもわかったから。……本当の姿を言ってしまったら、君ともうあの関係を築けなくなると思ってしまった。……黙っていて、本当に申し訳ない」

レオナルドは柳眉《りゅうび》を切なそうに顰め、申し訳なさそうに斜め下を向く。

ジゼルはそんな彼から目を背け横を向いた。

レオナルドが感じていた不安は、ジゼルにも理解はできる。

しかしそれは、自分の気持ちを重要視してジゼルとの信用を蔑ろにしていたことに変わりはない。しかも、十年もの長い間だ。こうして今さら謝られたところで、ちりちりと燻《くすぶ》るような怒りや失望感、悲しみはおさまりはしない。

ジゼルは一度、心を整理するために大きく息を吐き出すと、再びレオナルドの目をしっかりと見つめた。

「殿下は、私に何をお望みなのですか？」

「私は君に助けられたあのとき、優しく、そして強い君を好きになってしまった。……いや、好きどころではない。心の底から愛している。この気持ちは山よりも高く、海よりも深いものだ。……だからどうか、私と結婚してほしい。来年、君が二十歳になったら、すぐにでも」

「……」

「……頼む。君を愛しているんだ」

そう言葉を紡《つむ》いだレオナルドは、今にも泣きそうに目を潤《うる》ませている。ジゼルはそれを見て、思わず眉を顰めて俯《うつむ》いた。

(殿下の言い分は、なんとなくわかる。でも……彼は私のことをすべて知っているのに、私はずっと何も知らない状態だった。そんなの、本当の親友と言える関係だったの？……ううん。そんなの……友達とは、対等な関係とは、言えないわ)

「申し訳ございませんが……私は、殿下の気持ちには応えられません」

レオナルドは頭を殴《なぐ》られたかのように呆然としたあと、ソファから勢いよく身を乗り出した。震えながらローテーブルに両手をつき、ジゼルに迫る。

彼の表情には、理解できないことに対する混乱が浮かんでいる。

「……な、なぜ？　私は、君のためならなんでもするよ」

「その必要はございません」

「で、では、欲しいものを言ってくれ、すぐに、どんなものだって用意するから」

「結構です」

「……っ！　嫌なところはすべて変えてみせるから！」

「そういうことではないのです！」

どんなに高価な宝石をもらえたとしても、どんな欲求を満たしてもらったとしても、レオナルドとの間で損なわれてしまったもの――信用には代えがきかない。

ジゼルは一度深く息を吸い、吐き出す。揺れ動くレオナルドの蒼い瞳を、覚悟を決めてまっすぐに見つめ返した。

「殿下のような高貴な方が私に好意を抱いてくださるなんて、とてもありがたいことなのだと思ってはおります。けれど……私は、貴方を貴方と知らないまま、十年間を過ごしてきました。その溝は、深すぎるのです」

「だ、だが――」

「話はこれでおしまいです。……申し訳ございませんが、私はもう失礼します」

ジゼルはそう言い切ると、席を立って振り返ることなく応接室から出ていった。

レオナルドは色白の顔をさらに雪のように白くさせ、愕然《がくぜん》とした表情でジゼルが出ていった扉を見つめ続ける。

二人のやりとりを静かに見守っていた辺境伯はふとソファから立ち上がり、レオナルドの肩に手を置いて出口を案内した。

「殿下。申し訳ございませんが、今日のところはお引き取りを。お望みであれば、別の機会を設けさせていただきますので」

「…………わかった」

レオナルドは、蒼白な顔で絞り出すように言葉を紡ぐ。俯きながらゆっくりと席を立った彼の蒼い瞳には光がなく、仄暗い沼のように沈んでいた。

＊＊＊

その後辺境伯邸を後にしたレオナルドは、青ざめた顔で王都に向かって馬を走らせていた。街道沿いに馬を走らせてしばらくすると、とある大きな街が見えてくる。レオナルドは荷物の中から漆黒のローブを取り出し、それを着て目深にフードを被った。

街の入り口辺りには、大きな馬屋がある。レオナルドはその手前まで馬を歩かせると馬から降り、馬の世話をしている主人のもとに近寄っていった。

「……主人、馬を返しに来た」

「あぁ、さっきの兄さん。どうも」

レオナルドは馬の手綱と共に、懐から出した数枚の金貨もさりげなく主人に握らせる。

「くれぐれも」

「……どうも。ご贔屓《ひいき》に」

馬屋の主人は「心得た」とばかりに片方の口の端をニイッと上げた。

ローブとフードで隠しているとはいえ、レオナルドの所作や容姿には、王族としての隠せない品が出てしまう。そのことに勘づいている可能性がある。先ほど馬を借りた際に、この主人はレオナルドの全身を探るように見回していた。

レオナルドは、一人で移動するときは基本的に馬車や馬には乗らない。

今日、馬で辺境伯邸に向かったのは、ジゼルたちにそれを悟らせないための芝居でしかない。

金を握らせれば、大抵の者は言うことを聞く。

レオナルドはそのことをよく知っていた。

馬を返したあと、レオナルドは人気のない路地へと入り込んでいった。狭く暗く、饐《す》えた臭いが漂うそこには、今は誰の姿も見当たらない。

不意に、レオナルドの視界に薄汚れた土壁が入り込んだ。

――ドンッ！

ほとんど衝動と言ってもいい。レオナルドは、気がついたら固く握り続けた拳で壁を拳で力まかせに殴りつけていた。鈍い衝撃音と共に、右の拳にじんじんとした痛みが走る。

パラパラ、と壁から埃や壁のかけらが落ちてきた。

体が震えていた。いつの間にか、きつく歯を食い縛っていた。口からは、ギリ、と硝子《ガラス》を引っかくような音がする。

「……あのとき、君に助けられたのは偶然なんかじゃない。僕たちは運命なんだ……誰であっても、僕たちを引き裂くことは絶対に許されない……ジゼル、それがたとえ、君自身であっても……」

俯きつつも前を見据えている蒼の視線は、獲物を捕らえようとする野生の獣のように鋭い。口元は歪んだ笑みに彩《いろど》られる。

「……十年間、ずっと、ずっと君だけを見つめてきたんだ。君を一番わかっているのは、僕だ……僕だけが、君を幸せにできる……絶対に、逃がしやしないよ……」

レオナルドは一際口元を吊り上げて笑うと、ゆるやかに姿を変容させていく。数秒後には、一羽の巨大な鷲に変わっていた。

ぐっと趾《あしゆび》を地に食い込ませ、大空に飛び立つために翼をふくらませるその鷲は、普通の個体よりも何倍も大きく、人間と同じほどの大きさをしていた。その嘴《くちばし》は刃物のように鋭利に尖っており、瞳は、空のような——蒼。

巨大な鷲は大きな翼をぐんと広げると、力強く羽ばたいて大空高く舞い上がった。彼が起こした突風が辺りのものを吹き飛ばし、路地に強い風が吹き荒ぶ。

鷲は羽ばたいて空中に滞空したまま、想い人がいる方角を鋭く一瞥した。もう一度強く翼を羽ばたかせると、王都に向けて疾風のように飛び立っていく。

薄暗い路地裏には、大きな、人の腕ほどもある鷲の羽根が舞い上がり、ふわりふわり、と地面に舞い落ちていった。

第四章　身勝手な好意

レオナルドが辺境伯邸を訪れた、三日後。

あの日以降、レオナルドからジゼルに手紙が届くことはなくなっていた。毎日届いていたものがぴたりとなくなったことに対して、まず感じたのはほっと安堵する気持ち。それと共に、どこか寂《さび》しさのようなものも感じられる。

その寂しさは、レオナルドの仮の姿であったレミーともう本当に会えなくなってしまったのだ、ということを身に染みて感じたから。決して、レオナルドに絆《ほだ》されかけているわけではない。ジゼルは自分の心をそう分析していた。

ジゼルは今、自室の机に向かい、分厚い本を読み込んでいる。しかし、最近あった衝撃的な出来事の連続で心は未《いま》だ整理しきれておらず、視線は文字の上をただ滑るばかり。本の内容はまったく頭に入ってきていなかった。

ふと自室の扉がノックされる。

「……どうぞ」

扉を叩いたのは家令のジョンだった。ジョンはいつものように情けない顔で、身を縮めてやや申し訳なさげに頭を下げる。その腕の中には、包装されたひとつの布袋が抱えられている。

「し、失礼いたします。あの……お嬢様宛に、贈り物が届いておりまして……」

今にも消え入りそうなジョンからの報告と、「贈り物」という言葉にジゼルの頭はぴん、と差出人を弾き出した。

「……レオナルド殿下から？」

「……はい」

「……」

はあぁ、と深いため息がつい口から漏れてしまった。

あの日、あんなにもきっぱりと断ったにもかかわらず、レオナルドはまだジゼルとの関係を諦めていなかったらしい。だが、先日のようにジョンを拒否しても仕方がない。ひとまず自分でその贈り物を処理しなければ、とジゼルは椅子から腰を上げた。

「とりあえず、これは私がもらうわ」

「……ありがとうございます」

ジョンから受け取ったそれは、爽《さわ》やかな薄緑色の布袋で可愛らしく包装されている。布袋の中には箱が入っているらしい。さほど大きくはないが、重さはなかなかのものだった。すぐに開ける気にはならず、とりあえず机の上に置く。

「……あの、一緒にお手紙も……」

「……はぁ。それも、もらっておくわ」

先日まで連日立て続けに送られてきていた手紙が、またジゼルの手に渡される。ジョンから受け取ると、ジゼルは贈り物と一緒に手紙も机の上に置いた。

ジョンがそそくさと退室したあと、ジゼルは再び机に向き直る。しかし、本を広げると視界の端に贈り物の薄緑色が入り込んできてしまい、もとからなかった集中力がさらに散漫になってしまった。

(……しつこいわよ、もう……)

ジゼルは贈り物と手紙を部屋の端におざなりに置き、また机に向き直る。

(まぁ、返事をしなければそのうち諦めるわよね)

再び本に書かれた文字を目で追い始める。けれどどうしてなのか、今度は本の内容がしっかりと頭に入ってきて、ジゼルは久しぶりに読書に集中できたのだった。

レオナルドからは贈り物と手紙がまた毎日届き続けた。

ほとんどが一日目と同じように可愛らしく包装されているため、中身はわからない。まれに中身がわかる形で、瑞々しく咲き誇る花束や菓子、新鮮な果物が届くこともあった。

――贈り物が届き始めてから、十五日目。

「……何よ、これ……」

ジゼルの目の前には、玄関ホールぎっしりに隙間なく並べられた色とりどりの花が置かれていた。

ヒヤシンス、カーネーション、サイネリア、イベリス、チューリップと種類も季節もさまざま。それらはすべて植木鉢に植えられたもので、鉢自体も可憐に包装されている。

「今朝、こちらが殿下から……」

ジョンはいつもどおりおどおどとした様子でジゼルを窺い見つつ、一通の手紙を差し出した。

ジゼルは呆れを込めつつ受け取る。いったいレオナルドは何を考えているのだろう。うんざりとした気持ちで、封筒を開けた。

『ジゼル・レーベンルート嬢

やぁ、贈り物は気に入っていただけたかな？

王家が御用達にしている花売りに声をかけてね、君のために頑張って咲かせてもらったんだ。

どれも綺麗《きれい》だろう？

花を見ていると、君を思い出すよ。

ジゼル。君は、まるで花のようだ。

根気強く地に根を張り、どんな環境でも逞《たくま》しく育つ。

咲き誇る花は美しく、甘い蜜は愚かな虫も寄せつける。

私は、君という蜜に引き寄せられた虫なのかもしれないね。

ほかの贈り物も見てもらえたかな？

初めに贈った、西の大陸の珍しい生物図鑑は、なかなか手に入らないものだよ。

以前君は、使い心地のよい羽根ペンを探していると話していたよね。

五日目に贈ったものは、王城に勤めている者たちがこぞって使っている評判のよいものなんだ。

ぜひ、使ってくれると嬉しい。

レオナルド・エシュガルド』

くしゃり、と軽い音が聞こえた。なんの音かと思ったら、無意識に自分の手が手紙を強く握り締めていた音だった。

ジゼルは手紙を握り締めたまま、二階にある自分の部屋へと大きな足音を立てながら引き返していった。

猛然とした勢いで机の引き出しを探り、一枚の便箋を取り出す。羽根ペンのインクが滲むのも気にせずに、心に込み上がってきた言葉をそのまま綴っていった。

『レオナルド・エシュガルド殿下

殿下は、贈り物の意味をご存じでいらっしゃいますか？

贈り物とは、相手のことを考えて、相手に喜んでほしいという善なる気持ちから贈る物のことです。

殿下のしていることは、殿下ご自身のための贈り物であり私のための贈り物ではございません。

私の言いたいことがご理解いただけましたら、もうこのようなことはおやめください。

なんの意味もございません。

王家の財産は、もっと有益なことに使うべきだと思います。

ジゼル・レーベンルート』

勢いで書き殴《なぐ》ったあと、少し辛辣《しんらつ》すぎるだろうか、と一瞬だけ迷う。しかし、相手はあの話の通じない王子だ。このくらい言わなければ諦めてくれないだろう。ジゼルはそう判断し、蝋を垂《た》らして手紙の封を閉じる。再び早足で玄関ホールに行くと、忙《せわ》しなく花を運ぶジョンに手紙を出すように依頼した。

ジゼルが手紙を出した、三日後。

手紙が届くまで時間差があるからか、大量の花はまだ届き続けていた。それらは辺境伯邸のいたるところに飾られ、今や花屋敷と化している。

朝、ジゼルが日課の動物たちの世話をしているとき、思いがけず辺境伯が牧場にある小屋を訪れた。ジゼルは小屋の中でもふもふと草を食べる牛の体を丁寧にブラシで撫でながら、わずかに目を見張る。

「お父様、珍しいですね。どうなさったのですか？」

「……五日後の昼、予定を空けておきなさい」

「予定ですか？　それはかまいませんが……けれど、なぜですか？」

「……」

辺境伯は小さな吐息をひとつつくと、小屋に置かれているベンチにのそりと腰掛けた。

「レオナルド殿下から、食事に招待された。私とお前の二人が、だ」

「……」

どうやらジゼルがしたためたあの手紙は、無事にレオナルドに読んでもらえたようだ。だからこそ、彼はジゼルではなく父親から攻めることにしたらしい。

ジゼルはぎゅっと眉根を寄せると、今度は牛の隣の子豚に近寄っていき、その子の毛もブラシで整え始めた。

「……私は、体調が悪いとお伝えください」

「……」

しばらく、シャッ、シャッ、というブラシの音だけが空間に響く。

「彼が、許せないか？」

「……はい」

辺境伯はやや疲れた様子で膝に両肘をついて手を組み、その上に顎を乗せた。

「私は、一人娘であるお前が可愛い。しかしこの国の貴族である以上、王家の命令に逆らうことはできん。それは私の娘であるお前もだ、ジゼル」

「……」

「私が一緒にいるかぎり、殿下がお前に何かをしようとすることはないだろうし、させない。殿下の要求を呑めと言っているわけではない。ただ、本当に彼が嫌なのであれば、上手くあしらう術《すべ》もお前自身が身につけていかなければならない」

確かに、ジゼルももう十九歳だ。来年には成人の二十歳となる。いつまでも親の庇護を頼ってはいられない。

「……殿下は、私の何がいいのでしょうか」

「聞いただろう。殿下はお前に恩を感じている。それが、私たちが想像しているよりもさらに大きいものだった、ということだろう」

「……」

「とにかく、五日後は一緒に来なさい」

「……はい」

辺境伯はその返事に安堵したような吐息をつくと、ゆるりと立ち上がって小屋から出ていった。

そのあとジゼルは、動物たちの世話をしながら一人考えに沈む。

(上手く、あしらう。……けれど、私だってはっきり伝えたじゃない。それも、何度も。貴方は、どうしたら諦めてくれるの？)

脳内の疑問に答えてくれる者は、もちろん誰もいない。


レオナルドとの食事の日、ジゼルは父親と共に馬車に揺られていた。向かっている場所は、レーベンルート辺境伯領の西側に接している、ダリアン侯爵領。領地に入ってすぐのところにある、ティルシアンという街が目的地だった。

ティルシアンは『食の街』として名高く、他国や海の向こうの大陸から取り寄せた珍しい食材を使っている高級店が軒《のき》を連ねている。エシュガルド王国の貴族たちの中には、この街で食事をすることに大金をはたいている者も多いと聞く。

レオナルドは、街にある南方料理の高級料理店『ガーサ・ディーヴァ』を指定した。

ここはティルシアンの高級料理店の中でも知名度や価格帯において群を抜いている店らしい。らしい、というのは、ジゼルは高級料理店についてまったく興味がなかったので、それらの情報はすべて父親から聞かされたものだったからだ。

「お高い料理なんて興味ないのに」

「そう言うな。殿下は王族だ。警護もしっかりしていて、しかもレーベンルートからも近い場所となるとここが最適だ」

「……」

「殿下は、ずいぶんとお前に気を遣ってくださっている」

「……」

(そんなの、私は望んでないのに……)

そう思いつつ馬車の窓から賑やかな街並みを眺めていたら、馬車がゆるやかに速度を落としていった。

異国情緒を漂わせる、複雑な紋様が彫り込まれた壁でできている建物に魅入っていると、布を巻いたような異国の服に身を包んだ店主らしき人物が馬車に近寄ってくる。

彼は辺境伯とジゼルが馬車を降りるのを手伝うと、深く頭を下げた。

「ようこそお越しくださいました。レーベンルート辺境伯、並びにご息女のジゼル様でございますね」

「あぁ」

「レオナルド殿下はすでにご到着なさっております。上着をお預かりいたします」

「あぁ、頼む」

辺境伯は店主に上着を手渡す。店主はそれを持つと、今度はジゼルに向かって深く礼をした。

「ジゼル様。貴女様には、殿下からこちらをお預かりしております」

店主は、宝石を飾るようなベロア生地のトレイに載った一輪の花を差し出してきた。それは空のような色の――まるでレオナルドの瞳と同じような色をしている花。

それを見て、ジゼルは知らず知らずのうちに口元をひん曲げていた。しかし差し出されているものを拒否するわけにもいかず、店主から受け取ってじっと見つめる。

「……この花は？」

「サーティアーラの花と申しまして、当店の祖国・南方の国コルゼラでは幸せを呼ぶ花と言われております。殿下は、ぜひジゼル様のお髪《ぐし》に、と」

「……私がやろう」

辺境伯がジゼルから花をそっと受け取り、後頭部の下のほうで綺麗に結い上げられている髪に丁寧な手つきで差し込んだ。少し遠目で確認してから、ふ、と吐息をつく。

「殿下は、お前が引き立つ色をわかっていらっしゃるな」

「……」

なぜ父はレオナルドに対して好意的なのだろうか。どうも納得できない思いを抱えたジゼルは、唇を尖らせながらふいと顔を横に向けた。


店内に入ると、中も外観と同様にこまかな装飾が施されており、異国の雰囲気に包まれていた。見えるかぎりでは、ほかの客の姿は見当たらない。ジゼルがきょろきょろと周りを見回していると、ジゼルたちを先導していた店主がちらりと振り返った。

「本日は貸切となっております」

「……この店を貸切にするとは。殿下の気合いの入れようは凄まじいな」

「……」

(だから、別に私は頼んでないわ)

レオナルドの好意が届けば届くほど、洗練されて丁寧なほど、逆にジゼルの心は冷え込んでいく。

(どうして、こうも私に執着するの。王子様で、しかもあんな綺麗な見た目をしている貴方なら、別に私じゃなくたっていくらでもいるでしょう。……貴方自身のことを、ちゃんと好きになってくれる人が)

レオナルドはジゼルのことを好きだと、愛していると何度も伝えてくるが、命の恩人というだけで愛情を募らせられるものなのだろうか。ジゼルはどうも信じられなかった。ジゼルは生き物にばかりかまけている変わり者だ。見た目だって、取り立てて美しいわけでもない。それなのに、何があの美麗な王子を惹《ひ》きつけているのか。ジゼルには、それがどうしても理解できなかった。

店主は店の奥のほうまで歩いていくと、ひとつの重厚な扉の前で立ち止まった。コンコン、とノックをすると、中から男の声で返事が聞こえてくる。

「レオナルド殿下。レーベンルート辺境伯並びにご息女のジゼル様がいらっしゃいました」

「……あぁ、入ってくれ」

店主が扉を開けると、そこは広めの個室になっていた。円卓には一人の麗しい見た目をした男が腰掛けていて、彼はジゼルの姿を見るなり席を立つ。その顔は数日前に見たときよりも少しだけ頬がこけ、顔色もくすみ、やつれているように見える。

「辺境伯、それにジゼル。来てくれて嬉しいよ」

レオナルドは病人のように削がれた頬にわざとらしいほどの笑みを浮かべながら、ジゼルたちのもとに歩み寄ってきた。

辺境伯は落ち着いた佇《たたず》まいで紳士の礼をして深く頭を下げる。

「本日はこのような素敵な場所にお招きいただき、誠に光栄でございます、レオナルド殿下」

「いや、無理を言って申し訳ない。ただ、私はどうしても……会いたかったんだ」

レオナルドは少し窪《くぼ》んでしまった眼窩《がんか》から、潤んだ瞳でジゼルを見つめてくる。

健気《けなげ》に縋りついてくるような蒼い瞳をどうしてか見ていられなくて、ジゼルはそっと顔を背けた。

「まぁ、堅苦しい挨拶はここまでにして、さっそく食事にしないか？　ここの料理は私も気に入っているんだ」

「はい。ぜひに」

食事中、レオナルドは終始嬉しそうに、料理店のことやこの店の祖国コルゼラの話をジゼルたちに語って聞かせた。

そのどれもがジゼルが知らない、なかなかに興味をそそる話だったが、ジゼルは興味のないふりをして食事に集中していた。

不意に、饒舌に語っていたレオナルドがジゼルへと熱い視線を投げる。

「ジゼル。本当に、今日は来てくれてありがとう。君と一緒の食卓につけていると思うと、私の胸は高鳴って仕方がないよ」

「……そうですか」

「あぁ、本当に夢のようだよ。食事のあとには、ラスティールも用意しているんだ。君も好きだったはずだよね、ぜひ楽しみにしていてほしい」

「……」

ラスティールとは、南方で日常的に飲まれている甘い飲み物だった。かつては南方の者たちしか飲んでいなかったようだが、最近は他国の文化を取り入れることが盛んで、エシュガルドにも売っている店が出始めている。ジゼルも三年前に初めて飲んでから非常に気に入っており、よく飲んでいた。

それは家族と屋敷の者たち以外では、レミーしか知らないことだ。

（私は……レミーだったから好きなものを教えたのよ。貴方には教えていないわ）

レオナルドとレミーが同一の存在であるということは、もうもちろん理解している。しかし、隠されていたという事実はまだ心でじくじくと膿んでしまっていた。

（こんなの……ただの茶番よ）

ジゼルはここに向かっているときから言いたかったことを、さっそく切り出すことにした。

「レオナルド殿下」

ジゼルが呼びかけるだけで、レオナルドの瞳は潤いを増してきらめく。

「なんだい？」

「あの贈り物は、なんのつもりですか？」

レオナルドは、それはそれは艶《あで》やかに美しく笑った。しかし瞳はどこか虚《うつ》ろで、先日見たときよりもどんよりと濁《にご》っているように見える。

「私の気持ちだよ。すべて、君のために心を込めて選んだものだ。君がわかってくれるまで、私は君に好意を伝え続ける」

「困ります」

「今はね。……けれど、君もきっといつかはわかるはずだ。私たちは運命の糸で結ばれているのだと」

「……運命？」

「私は、君と一緒になるために生まれたんだ。これを運命と呼ばずになんと呼ぶ？」

運命。それは曖昧《あいまい》で、不確実で、根拠など微塵《みじん》もないもの。

そんなものに自分は心乱されているのかと思うと、腹の奥にむかむかとした気持ちが溜まっていく。それを押しつける目の前の男に、よりいっそう腹立ちの気持ちを覚えてしまった。

「殿下、貴方は……自分のことばかりですね」

「そんなことはない、私と一緒になれば、君も絶対に幸せに――」

「貴方は！」

心の感じるまま勢いよく席を立ち、驚きからか目を見開く蒼の瞳をぎっと睨《にら》みつける。

「貴方は、自分の気持ちを押しつけてばっかりです！　黙っていたことを悪いと思っているのなら、どうして私の気持ちを考えてくださらないのですか!?」

「……ジ、ジゼル……？」

「あんなに花ばかり贈って、私の屋敷の者たちが対応に追われています！　貴方はそういったことを考慮したことはありますか!?」

「それ、は……」

レオナルドの瞳は、今度は戸惑いの感情を浮かばせている。

だが、今さら遅いのだ。もうジゼルの腹の中には、一方的な彼への怒りが溜まってしまっているのだから。

「私は、殿下とは絶対に結婚しませんから！」

そう力強く言い放った途端。レオナルドの瞳から、抜け落ちるようにして光が消え失せた。愕然とした表情は、『失望』という言葉そのもののよう。

その瞳を見てハッとし、少し冷静さを取り戻したジゼルは、深く息を吸って斜め下を見つめた。

「……殿下、せっかくお招きいただいたのに無礼なことをしてしまい、本当に申し訳ございません。お食事が美味《おい》しくなくなっては申し訳ございませんので、私はこれで失礼いたします」

ジゼルはそう言い切ると、静かに食事を続けている父親に視線を向けた。

「お父様。先に馬車で待っております。私のことは気になさらず、ゆっくりと食事をお楽しみください」

「あぁ」

ジゼルは手を後頭部に持っていき、髪に刺さっている一輪の花を抜いて円卓の上に静かに置く。先日と同じように、二人を部屋に残して先に退出した。

＊＊＊

二人きりの個室で、辺境伯は黙々と食事をしていた。反対側に座るレオナルドは、ただ呆然とジゼルの残していったあの蒼い花を見つめることしかできなかった。

どうしてなのだろうか。視界がぐにゃりと歪んでいる。吐き気がする。眩暈《めまい》がする。体が、心が、散り散りに引き裂かれてしまうようだった。

こんなにも愛しているのに、なぜジゼルはわかってくれないのか。

王子である自分ならば、最上級の幸せを約束できるのに。誰よりも慈しみ大切にするのに。それなのに、なぜ。

瞳の奥が熱くなってくる。呼吸がしづらい。最近は食事もまともにとれず、頭の中ではジゼルのことばかり考えていた。

そんなレオナルドの様子はどこ吹く風ですべての食事を平らげた辺境伯が、屈強な見た目とは異なる優雅な仕草で口元を布で拭った。

「殿下」

「……」

「娘の心はレミー親友《》を失った悲しみと、十年も騙されていた失望で揺らいでおります」

「……」

「しばらく、お手紙や贈り物、娘への接触はご遠慮ください。逆効果です」

「……」

「無作法な娘ですが、私はあの子が可愛い。あの子の幸せを誰よりも望んでおりますが……殿下と共にいては、それは望めないかと」

「……！」

その言葉に、レオナルドは顔を上げた。目の前の辺境伯は、灰色の瞳を静かにレオナルドへと向けている。無表情の中の凪《な》いだ瞳の感情は、レオナルドには読めない。

「娘のことをこれほどまでに想ってくださること、感謝しております。しかしながら、仮に国王陛下から婚約の打診がきたとしても、現段階ではお断りするつもりです。もし強硬手段を取られた場合は……レーベンルートはエシュガルドに牙を剝《む》くことになります」

「……」

「また、私たちの分の食事代は、すでに店主に支払っております。……このたびは、誠にありがとうございました」

辺境伯は深く頭を下げ、ジゼルと同じように部屋を退出した。

一人残されたレオナルドは、しばらくの間虚無《きょむ》の世界を漂ったあと、ふ、と吹き出した。

「……はは……」

ジゼルは意固地《いこじ》だ。

「ねぇ、君は……僕を試しているのか？」

彼女だって本当は、自分のことを好いてくれているはずだ。まだ少し混乱しているだけか、もしくはレオナルドの愛情を確かめようとしているに違いない。

「……牙を剝く、だって？」

あの純真で愛情溢れる彼女が愛《いと》おしくて仕方がない。心も体も、彼女のすべてが欲しくて仕方がない。

どうしたら、この溢れそうな愛をわかってくれる？

どうしたら、このはち切れそうな気持ちを受け入れてくれる？

もしこのまま彼女が永遠にレオナルドの愛を受け入れてくれなかったら。それを想像したとき、足元が抜け落ちるような恐怖に襲われた。そのようなことは、絶対にあってはならない。

そのためには――。

「……上等だ」

レオナルドは虚空を見つめながら、ぐしゃりと顔を歪ませた。

第五章　暴走する心

レオナルドと食事をした日から、一週間以上が過ぎた。あれ以降、レオナルドからはまったく音沙汰《おとさた》がない。父の辺境伯にも接触はないようだった。

ジゼルはその間、じっくりとレオナルドのことを考えていた。

彼の気持ち、自分の気持ち。

レミーという十年来の親友の存在、レオナルドという見知らぬ王子の存在。

レオナルドからの一方的な好意の押しつけ。

ジゼルが先日啖呵を切ったときの、愕然とした、少しだけ泣きそうになっていた表情を。

休日。ジゼルは町娘がお出かけのときに着るような、少しだけ洒落《しゃれ》た橙色《だいだいいろ》のワンピースに着替え、同じ色のリボンで髪を結《ゆ》わいていた。

普段は動物たちの世話がしやすいようにこれよりも簡素な服を着ているのだが、いつもと違って着飾っているのにはある理由がある。今日は、ジゼルが尊敬してやまない生物学者・オーガスト博士と会う日なのだ。

　辺境伯邸から博士が居を構える王都までは、馬車で三日もかかってしまう。ジゼルが一人で行くのにはあまりにも遠すぎる距離。そのため、オーガスト博士が忙しい時間の合間を縫って、レーベンルート辺境伯領にあるエメラという街にまで会いに来てくれている。

「お嬢様。本日はずいぶんと早くにお出かけなのですね」

「……うん。ちょっとね」

　博士との待ち合わせは、午後一時。辺境伯邸からエメラの街までは馬車で約一時間。ジゼルは早朝の日課をすませ、九時を過ぎたころに馬車へと乗り込んだ。

　少々早めに出かけるのは、ちょっとした用事をすませようと思ったからだった。


　鷲の意匠が施された厳めしい馬車に揺られること、約一時間。

　馬車の窓からは、都会的で賑やかな街の風景が見え始めてきた。ジゼルはだらしなく窓枠に顔を寝かせながら、風景をなんとはなしに眺めた。窓を開け放っているから、気持ちのいい風が馬車の中にも入ってくる。爽やかな風が頬をさらりと撫でた。

　ふと街に入る直前で、何かが草むらで動いているのが目に入った。何かの動物のようだったが、どうしてか目が惹《ひ》かれる。ジゼルは顔を起こし、目的のものをよく見ようと目を鋭く細めた。

（何あれ、犬……？　けれど、なんだろう。なんか、気になる……）

一見ただの茶色い犬だ。犬にしてはやや大きめだが、顔も体の形も普通の個体となんら変わりない。犬は陽光に照らされて蒼にも見える瞳をジゼルのほうに向け、じっと見つめている。

不意に、犬が後ろを向いた。

「……えっ⁉」

ジゼルは驚きに目を見開き思わず立ち上がった。

犬の尻からは、なんと尻尾が三本も生えていた。太くふさふさとした体毛に覆《おお》われたそれは、三本が別々にゆらりと揺れている。

通常、動物というものには尻尾は一本しか存在しない。複数生えている種族など聞いたことがなかった。

心臓が大きな音を立てて跳ね回る。生物学者の卵としての心が騒ぎ出す。

ジゼルは犬から目を離さずに窓から身を乗り出し、御者に向かって大きく叫んだ。

「お願い！　馬車を停めて！　すぐに停めて！」

「は、はい！」

急な指示に、御者は慌てて手綱を引く。主の無慈悲な指示に対して、軽快に走っていた馬は怒ったように激しくいなないた。

ジゼルは馬車がしっかりと停車するのも待たずに、急いで扉を開けて馬車から降りた。

犬は何かただならぬ様子を察知したようで、すぐ近くの森のほうへ、三本の尻尾を振り乱しながら走り出してしまう。

ジゼルもスカートをたくし上げて、大急ぎで犬を追いかけていった。

「お、お嬢様！　どこへ行くのですか！」

「ちょっとあの犬見てくる！　予定どおりエメラで待ってて！」

貴族令嬢らしからぬ速さで走るジゼルの姿は、森の木々によって遮られてすぐに街道からは見えなくなってしまった。

ジゼルの突飛で大胆な行動はいつものこと。そのうえ、街は目と鼻の先だ。御者はわずかに迷った様子で周りを見回したあと、彼女の言いつけどおり、誰も馬車に乗せないまま大人しくエメラへと馬車を走らせていった。


（新種？　突然変異？　それとも病気？　いずれにしても、エメラの近くであんな珍しい子を見つけられるなんて幸運だわ。観察して、あとでオーガスト博士にもご報告しないと……）

鬱蒼《うっそう》とした森の中を、ジゼルはスカートをたくし上げたまま必死に犬を探していた。

走ったことによる息切れで、ジゼルの口からははぁはぁと激しい息が飛び出している。頬には幾筋も汗が伝い、顎から落ちて地面を点々と濡らしていく。

（どこに行っちゃったんだろう……どうしよう、見失ったのかな……）

森の奥深くへと入り込んでいき、しばらく経ったころ。

ジゼルから数歩離れた樹木の後ろに、三本の尻尾がちらちらと見え隠れしているのをようやく見つけることができた。

（――っ！　いた!?）

ドクドクと心臓が高鳴る。激しい運動によって生じた汗は、今は緊張によるひんやりとした汗へと変化していた。

（……落ち着け、私。……静かに、慎重に近づかないと……）

ジゼルは身を低くして、音を立てないようにゆっくりと尻尾に向かって歩いていく。あと一歩というところで、尻尾が木の後ろにすっと引っ込む。

ジゼルも静かに、できるだけ急いでそれを追い、木の後ろに回り込んだ。だがそこには草があるだけで、生き物らしきものは影も形もない。

（どこに――っ？）

何が起こったのか、と疑問に思う暇はなかった。

ジゼルの腹部に、後ろから何かがぐるっと――巻きついた。

「……ひっ！」

あまりの驚きに、ジゼルの体は瞬時に強張った。無意識のうちに身を震わせていると、背中を温かな熱が覆い尽くし、右の耳元に生温かい息がかかる。

「ふふっ。やっと……捕まえた」

ジゼルの耳元で聞こえるのは、聞き覚えのある男の声。ここにいるはずのない人の声。

恐怖でかちこちに固まる体をなんとか動かし、ぎこちなく首を横にひねる。

まず見えたのは、太陽の光を閉じ込めたかのような輝く黄金の髪。次に見えたのは、暗く翳りどろどろとした執念を感じさせる、サファイアのような――蒼眼。

「……どうし、て……」

「どうしてかって？　……ふふ、わかっているだろう？　君に会いたかったからに決まっているじゃないか」

「……え？」

「混乱しているの？　……あぁ、戸惑っちゃって。そんな君もすごく……可愛いね」

腹部に回された腕に、ぎゅっと力がこもる。左の手のひらはしなやかに、なまめかしく動き出し、ジゼルの腹部辺りを這い始めた。

――ぞくり、と背筋に悪寒が駆け抜ける。

「!?　何を――」

「だって、こうでもしないと君と二人きりになれないだろう？　……だから、ごめんね？」

ジゼルを後ろから抱き締めた人物――レオナルドは困ったように眉を下げつつも、内心の喜色をまったく隠そうともせずに笑った。

不意に、レオナルドは右手をジゼルの体から離した。どこから出したのか、彼の手には透明な液体が入った小瓶《こびん》が握られている。片手で弾くようにして蓋《ふた》を器用に取り去ると、口元に持っていって一気に――呷《あお》った。

「な、なに……？」

ジゼルがその行動を唖然《あぜん》として見ていると、レオナルドは口の中に液体を溜めたまま、空になった小瓶を邪魔だとばかりに後ろに投げ捨てた。小瓶はくるくると宙を舞い、樹木に当たって粉々に砕《くだ》け散る。ガシャン、と高く耳障りな音が鳴り響き、しんとした森の中に吸い込まれていった。

「……え？」

レオナルドの右手が戸惑うジゼルの顎を後ろからすくい上げる。気がついたときには、濁った蒼眼がいつの間にか目の前にあって――。

「――んっ？」

唇が、熱かった。顔に、温かな鼻息を感じる。

唇に重なり合う何かは、ひどく……柔らかい。

「……っ!?」

何をされたのかを頭で理解する前に体を離そうと本能的に身をひねるも、蛇のように絡みついてくる腕によって容赦《ようしゃ》なく阻《はば》まれる。

優美な見た目とは異なる力強さで顎をぐっと摑《つか》まれ、抵抗など微塵もできずに口を開かされてしまう。重なり合っているところからは、熱くぬめる舌と共に何かの液体が口の中に流し込まれた。

「……っ、ぁ、は……！」

液体がこぼれないようになのか、くっと上を向かされる。口を閉じようとしても、顎から伸びてきた指が口の中に侵入してきて防がれてしまう。

この、得体の知れない液体を飲んではいけない。そう頭では理解できるのに、混乱からか、ジゼルの喉は勝手に動いてしまった。

（しまっ……！）

そう思ったときにはすでに遅く、ごくりと喉が鳴って液体を飲み込んでしまっていた。

何を飲まされたのか。

そもそも、どうしてレオナルドがここにいるのか。

あの犬はどこに行ったのか。

――どうして今、この王子に口付けられているのか。

いくつもの疑問を頭の中で躍《おど》らせているとき、目の前の蒼い瞳がぼんやりと滲み、体が勝手にぐらりと揺らぎ始めた。

（……っ、まさか……これ……くす、り……？）

それらの疑問を解消することも、初めての口付けを奪われたことに衝撃を受ける暇もなく。唐突に体から力が抜けていき、不本意ながら後ろの体に寄りかからざるを得なくなってしまう。

（……だ……め……もう……）

ジゼルの意識は白く霞《かす》み始め、一瞬の後には闇へと消えてしまった。

＊＊＊

レオナルドはぐったりと力の抜けた小さな体を後ろから受け止め、両手で優しく抱き締めた。片腕で彼女の膝裏をすくい上げ、横抱きにして抱き上げる。

「……はぁ、君はなんて軽いんだろうね、ジゼル。だめだよ、もっと食べないと……」

昏倒《こんとう》して今は閉じている瞼の上へと、静かに口付ける。唇に触れる愛しい彼女の体からは、爽やかな若葉のような香りがする。肩口に顔を埋めて思いきり息を吸うと、体の隅々まで彼女の存在が行き渡っていく感じがした。

「……ふふ、心配しなくていい。何もわからなくなるくらいに、蕩けさせてあげる……」

レオナルドはにったりと口の端を上げて微笑み、森の奥に向かって歩き始めた。

＊＊＊

（……さむ、い……）

少しだけ、肌寒いような気がした。

（……くすぐ、ったい……）

何か、思わず身をよじりたくなるような、こそばゆい感覚を腹部に感じる気がする。

（……ん……な、に……？）

ジゼルの意識は暗闇の中からゆっくりと浮上してきた。

背中には、柔らかな布の感触がある。どうやら、今自分は仰向けに寝ているようだ。

なぜか頭がぼんやりとしてしまい、考えが上手くまとまらない。状況を把握できない。

体をひねろうとするも、どうしてか思うように動かない。

（……からだが……むずむず、する……）

何か温かくて柔らかいものが、腹部の辺りを這っている気がする。

どうしてなのか、下腹部が――女の秘められた場所が、じんじんと熱くなり疼《うず》く。こんな感覚を覚えたのは初めてのことで、まとまらない思考も相まっていったいなんなのかわけがわからない。

「……は……」

半開きになっていた口からは、熱い吐息が意識せずに漏れ出てくる。

「……は、ぁ……ん……」

掠れていて小さく、甘く媚《こ》びたような女の声が耳に届いた。

（誰か……いるの……？）

耳に届く声は、自分の内側からも聞こえてくるような気がする。

（……え？）


それが自分の口から漏れ出ているものだと理解したとき。

ジゼルの意識は急速に現実へと浮上し、ハッと覚醒《かくせい》した。

「――っ？」

ジゼルは大きく目を見開くと、とっさに体をよじらせて身を起こそうとした――が、それはできなかった。

「？」

動くと、わずかに両手首が締めつけられて痛む。頭の上で両手をまとめて縛られ、柔らかなもの――寝台の上で仰向けに寝かされているようだった。

肌寒い理由もわかった。衣服は下着すらもつけていなかったのだ。結わいていた髪も解かれている。

意識を失っているうちに衣服を取り除かれ、豊かな胸のふくらみも、女の大事な秘部も、隠すべき体のすべてをさらけ出してしまっていた。

あまりの事態に狼狽《ろうばい》し、縛られている手首をぐっと引っ張ったが、頭の上から毛ほども動かせない。どこかに固定されてしまっているようだった。

はっはっ、と恐怖で息が荒くなる。体がカタカタと勝手に震え出す。いったい何が起こっているのか、わけがわからない。

ふと視界の下のほうにちらりと黄金色が動いた気がして、ジゼルは視線を下に向けた。

ちゅ、と可愛らしい音がしたと同時に肌の上をぴりりとした刺激が走り、思わず身が震える。こそばゆいと思っていた腹部に黄金の頭髪が見え、誰かの頭が覆い被さっているのだとわかった。

「……だ、れ……」

恐怖でひりつく喉を開き、言葉を絞り出す。

ジゼルの腹部に幾度も吸いついている男が、ゆっくりと頭を上げた。

「……あぁ、気がついたようだね。おはよう、ジゼル」

儚げにも見える美麗な顔《かんばせ》。薄暗い部屋の中でも光を放つきらめく蒼の瞳。

その男――レオナルドは瞳に確かな愛情を覗かせて、場違いなほど柔らかに微笑んだ。

拘束した全裸の女の腹に吸いつくという、先ほどまで彼がしていた行動とはまるで一致しない爽やかな言動に、ジゼルの頭は今混乱を極めていた。息が震えてしまうのを必死で抑え込みながら、小さく口を開く。

「……な、何を、しているのですか……？」

「何って……君を、気持ちよくさせてあげようとしているんだよ」

「……気持ち、よく……？」

「そう」

「どうし、て……？」

「だって君は、どうしても僕を受け入れられないようだからね。どれほど君への愛が深い

のか、体に教えてあげようと思って」

レオナルドは無邪気な様子で微笑むが、蒼い瞳は暗く翳っている。最後に会ったときよりもさらに眼窩が落ち窪んでいるような気がした。顔色も蒼白で、今にも儚くなってしまいそうな不安定さを感じる。

（体に、教える……？　それってつまり……閨《ねや》、の……？）

ジゼルとて、変わり者とはいえ貴族令嬢だ。一応、基本的な閨教育はある程度受けていたし、子供の成し方や夫婦の夜の親睦についても知識としては知っている。

――閨の行為は恋人や夫婦、愛する者同士で行うものであり、決して興味本位でしてはならないということや、無理やり相手にせまってはならないということも。

子ができたのなら慈しみ育てなければならない。避妊薬というものもあるようだが、当然のことながらそんな代物をジゼルは持っていない。

（……何を考えているのよ、貴方は）

女性に無体を働くのは、この国でもどの国でも唾棄《だき》されるべき卑劣《ひれつ》な犯罪だ。だがそれも、王族なら許されるとでもいうのだろうか、この男は。

（こんなことをして、なんの意味があるというの？）

レオナルドのあまりにも意味不明で自分勝手な行動に、言い分に、恐怖で染まっていたジゼルの心が徐々に怒りで染め上げられる。

腹の底で煮え繰り返る怒りをどうにかこうにか抑えつけ、興奮する頭を必死で冷静に保ち、蒼い瞳を強く睨みつけた。

「……これで私が殿下の気持ちを受け入れると、本気で思っているのですか？」

「あぁ、もちろん。体のほうはすぐにでも僕を受け入れるだろうね。……まぁ、心のほうは多少時間がかかるとは思うけれど」

「……父が黙っていません」

　レオナルドはくすりと小さく笑った。

「ふふ、子供ができてしまえばこちらのものだよ。王族の子を孕《はら》んだとなれば、いくら辺境伯であっても手出しはできない。いかにレーベンルートが力を持っていようと……君さえいれば、どうとでもなる」

　まるで気が触れたかのようにくすくすと笑い続けるレオナルドの底知れない不気味さが、ジゼルに悪寒を感じさせる。

「……貴方……おかしいわ……」

　思わず、敬語も忘れて呆然と呟《つぶや》く。レオナルドはそのことに気づいていないのかそれとも気にしていないのか、変わらず目を細めながら笑い続けた。

「ふふ、そうかもしれないね。……でもね、ジゼル。それは僕のせいではないんだ。可愛くて罪な君が、そうさせたんだよ」

　レオナルドはそう言うと、自らの額をジゼルの額にそっと触れ合わせた。甘く、歪んだ熱を孕んだ蒼い瞳には、怒りに染まった茶色の瞳がまっすぐに映り込んでいる。

「ねぇ、ジゼル。僕は、命の恩人である君のことを心から尊敬しているし、愛している。この気持ちは決して揺るがないものだ。君も、すぐにそのことがわかるはずだよ。だから……僕の心を奪っておかしくさせた責任、しっかりと取ってもらうからね」

レオナルドの顔が斜めに傾いていく。

（また、口付けられる……！）

昏倒する前の記憶はすでに戻っている。とっさにそう判断したジゼルは、顔を横に背けてそれを思いきり拒否した。

しかしレオナルドはさして気にしていない様子で、ふ、と軽く笑う。

「そうだね。ジゼルはすごく優しいけれど、結構頑固《がんこ》だ。君の心を堕《お》とすのは……少々骨が折れそうだね」

レオナルドはジゼルの額から自分の額を離すと、ジゼルの白い首筋へと狙いを定めたようだった。

「……っ」

何度も何度も、わざとらしいほどに音を立てながらじっくりと首筋に口付けられる。レオナルドが口付けたところは唾液でなまめかしくきらめき、ジゼルの健康的な肢体を艶やかなものへと変えさせていった。

「……ふっ……！」

レオナルドの舌先が、つうう、と首筋を伝って下へと下りていく。舌が這ったあとには唾液の道が残り、徐々に範囲を広くさせていった。

「……っ！」

舌で舐められながら、唐突に両肩の辺りに何か温かなものが触れた。まるで鳥の羽根に撫でられているようなかすかな感覚のそれ――レオナルドの指先は、舌と同様にジゼルの体を下降しながら柔らかく撫でていく。

不埒《ふらち》な両手は、舌よりも一足先にたわわな双丘へとたどりついた。指は横のほうから脇腹の辺りを優しく撫でると、今度は胸の輪郭に沿うようにじっくりと撫でていく。焦燥感《しょうそうかん》を煽《あお》るようなその緩慢な動きは、ささやかでありながらも主張が強い。

「……ふっ、ぅ……」

全身の毛が粟立つような感覚が、意識をことごとく攫《さら》っていきそうになる。拘束された身をよじって、ジゼルはその感覚から逃れようとした。しかし――。

「逃がさないよ」

レオナルドの両手が震える双丘を鷲掴《わしづか》みにし、ジゼルは思わず身を竦《すく》めた。

白い丸みを下からすくい上げるようにして持ち上げると、先の尖りを刺激するようにふるふると上下に揺らし、レオナルドは指の腹を使って胸の外周を優しく撫でていく。その間、彼の舌は魅惑の谷間を舐め下ろしたかと思えば舐め上がり、まるでそこに残る汗をくまなく舐めとっているかのようだった。

（やだ……っ、や、なのに……！）

レオナルドの愛撫《あいぶ》に、ジゼルの体は心とは裏腹に素直に反応してしまった。羞恥と快楽でやんわりと薄紅色に染まり、こまかな震えが止まらない。甘い声など絶対に聞かせてやるものか、と思い、必死に唇を引き締める。

「……ふ、っ……」

「ねぇ、ジゼル。諦めて受け入れたほうがいいと思うよ？」

レオナルドの指先は、胸のふくらみの外周から時間をかけて内側へと迫ってくる。いやに優しい指先が、桃色の頂《いただき》をつん、と捉えたとき。ジゼルの体は、無意識のうちに寝台から跳ね飛んでしまった。

「……っ!?」

「……あぁ、とてもいい反応だね。素敵な体だ」

レオナルドは、今度は頂の周囲をくるくると円を描くようにして撫でていく。次に、きわめて弱い力で桃色の突起を上からふに、と押さえつけた。

「あぁ……ジゼルの乳首《ここ》は、とても可愛らしいね。小さな果物のようだ」

尖りを押さえつける指に、次第に力がこもっていく。

ぐう、と上から押され揺らすように刺激されると、胸の奥からぼんやりとした気持ちよさが滲み出てくるような感じがした。その感覚を振り払うべく、ジゼルは躍起《やっき》になって何度もかぶりを振る。

ふと尖りを解放され、ほっと息をついたのも束の間。今度は突起を、指先できゅっと摘み上げられる。

「――ひぅっ！」

　唐突に訪れたはっきりとした快感に、ビクンと体が跳ね飛ぶ。ジゼルは初めて感じた鮮烈な快感に、思わず震えながら瞠目した。

「ねぇ、ジゼル。こちらを見てごらん？」

　片手で後頭部を摑まれ、ぐっと頭を下に向かされる。そこには、わざとらしく舌を出しながらジゼルの胸の合間を舐め、指先で胸の蕾《つぼみ》を挟み込むレオナルドの姿があった。

「真っ赤に熟《う》れて、触ってくれと主張しているのがわかるかい？」

「っ、そんなこと――！」

　レオナルドは摘み上げたそれを、くりくりと指先でひねり上げる。体の内側がざわつく感覚に、ジゼルは目を固く瞑った。

（だめっ、気持ちよくなるなんて、そんなこと……！）

　体の中心に、意に反して淫らな疼きが溜まってきているのがわかる。大事なところ――男を受け入れるためのところが、きゅんと切ない。ジゼルは無意識のうちに、そこに力を入れてしまっていた。

「だめだよ、目を閉じたら」

「――ひっ！」

　唐突に、胸の頂に痛みにも似た快感が走り抜ける。思わず目を見開くと、レオナルドが薄桃色《うすももいろ》の頂を前歯で挟み込んでいた。

　蒼の瞳とかっちりと目が合う。レオナルドは頂を歯で挟み込んだまま、口の中で、舌を使って先端をつついてきた。

　ぞくぞくとする快感に思わず顔が歪む。目を瞑ったらまた噛まれるのでは、と恐ろしくなり、目を閉じてしまいそうになるのを必死で我慢した。

　ジゼルの顔を見つめながら、レオナルドは一度顔を離す。そして、ほう、と恍惚の吐息をついた。

「……はぁ。君は本当に可愛らしい。怯えている姿なんて、もう……最高だ」

　レオナルドは再びジゼルの胸元に顔を埋める。先ほどまで歯で挟んでいたところを今度は思いきり口の中に含むと、音を立てて吸い込みながら舌で舐め転がしてきた。同時にもう片方の尖りも指で淫らにいたぶられ、強く摘まれる。

　途端、びりりとした何かがジゼルの腰の辺りから背筋を伝い上がっていった。まるで、陸に打ち上げられた魚のよう。体が勝手に跳ね飛んでしまってどうしようもない。

「や、ぁ……っ！」

　レオナルドの唇が胸から離れ、唾液に塗れる熟れた果実にふう、と息を吹きかけられた。そんな小さな刺激すらも大きな快感として捉えてしまい、無意識のうちに身をよじる。

「ふふっ、気持ちいい？　いつもの活発な君は太陽のように眩しいけれど、快楽に翻弄されている君は……月のようにしっとりとしていて、こちらも素敵だね……」

レオナルドは蒼の瞳を潤ませて、うっとりと笑む。彼の表情を彩る艶やかな微笑みは徐々に深まっていき、今はどこか狂気じみた不気味なものへと変化していた。瞳孔は、丸く開ききっている。

レオナルドは舌で胸の尖りを嬲《なぶ》りつつ右の手をゆっくりと下降させ、ジゼルの薄い腹を大事そうに撫でさすった。下生えを柔らかく梳《くしけず》ったあとはさらに下へ進み、女の大事なところに――。

「――!?　だめっ！」

ジゼルはレオナルドがこれから目指しているところを察して、足を固く閉じ合わせようとした。レオナルドは片手でそれを制し、胸から顔を離して愉悦《ゆえつ》を滲ませた嗜虐的《しぎゃくてき》な笑みを浮かべる。

「だめ？　けれど、これから君のここは僕のを受け入れるんだ。しっかりとほぐさないと、辛い思いをするのは君だよ。……あぁ、それとも、破瓜《はか》の思い出にあえて痛くしてあげたほうがいいのかな？」

レオナルドはジゼルの足の間に膝を割り入れて閉じられないようにすると、両手でジゼルの膝裏を摑み、膝が胸につくほどに力強く上へと引き上げた。自然とジゼルの秘裂は彼の眼前にさらけ出され、あまりの羞恥でみるみるうちに顔に熱が集まり目が眩む。

「いやぁっ……！」

「はぁ……とても、綺麗だ……」

「いやっ！　やだぁっ、見ないで!?」

「……ひくひくして……いやらしく、動いているね……そんなに僕が欲しいの？　……ああ、どうしたらいいんだろう、たまらないよジゼル。……今、気持ちよくしてあげるから……」

感極まった様子のレオナルドはジゼルの秘部にためらいもなく顔を埋めると、秘裂全体を下から大きく舐め上げた。

「……ひっ!?」

誰にも見せたことのない女の大事なところを、よりにもよってレオナルドに舐められるだなんて。彼は美麗な顔をとろりと蕩けさせて、まるでジゼルのそこからさも美味しい水が湧き出ているかのように、夢中でそこに舌を這わせている。

「や、やだぁっ！　そんなところ舐めないでっ、いやぁっ！」

「はぁ……ジゼル……いい、匂いだ……」

レオナルドは秘裂の上のほうにちんまりとついている敏感な蕾を、皮に包まれたまま舌でべろりと舐めた。

「ひぁっ！」

そこを舐められた途端、強い快感が視界に星々をちりばめさせる。レオナルドは舌の先端を尖らせ、蕾を弾くようにちろちろと舐めていった。

「やっ、あ、あぁ……！」

口が、閉じられない。あまりの快感に、唾液すら飲み込めなくなり口の端から垂れていく。ジゼルの秘処は快感でわななき、狭い中から次第に蜜をこぼし始めた。

レオナルドは左手でジゼルの両足を器用に押さえると、右手の指を自分で舐めて濡らしたあと、快楽を期待している隘路《あいろ》に少しずつ挿入していった。

「やっ、あ……！」

わずかな異物感と共に感じるのは、満たされる女としての悦《よろこ》び。それを、ジゼルは不本意ながらも確かに感じてしまっていた。

「あぁ……すごい、ジゼルの中。狭くて、熱くて……。指が、蕩けてしまいそう……」

レオナルドはジゼルの蕾を舐めながらも、熱い息を吐き出して指を動かしていった。長くしなやかな指はジゼルの硬い蜜路をほぐすように、幾度も往復する。

最初は一本だった指は少しずつ本数を増やしていき、気がついたときには三本も中で蠢《うごめ》いていた。隘路の中の快楽の点――ジゼルの反応がいいところを確実に刺激していく。

「あぁっ、いや、いやぁっ……」

ジゼルはいつの間にか涙を流していた。これからされることへの――快楽の奔流《ほんりゅう》に流されそうになる本能的な恐怖に怯えて。

なのにレオナルドの指を受け入れる蜜壺は今、初めて覚える気持ちよさに彼の指をきつく締めつけていた。中から溢れる蜜も粘度と量を増し、ぐちぐちと卑猥な水音が部屋に反響する。

レオナルドも、ジゼルの体の反応に目敏《めざと》く気づいているようだった。

「嫌？　……ふふ、嘘《うそ》つきだね、君は。ほら、こんなにすごい音を立てているのに、嫌なわけがないよね？　本当は気持ちいいんだろう？」

「ち、ちが……っ」

「違わないさ。君のここ、無理やりこんなことをされているのに、蜜をしたたらせて僕の指を締めつけているよ？　自分でも気づいているくせに」

「……っ！」

屈辱と執着に、ジゼルの眦からはさらに涙が溢れ出した。レオナルドの言うことを認めたくなくて、激しくかぶりを振る。けれど、体は言うことを聞いてくれない。与えられる快感に嬉しそうに痙攣し、よりいっそう蜜をこぼしていく。

「……さぁ、一度達しようか。わけがわからなくしてあげるよ」

レオナルドの指は、無情にも攻める動きを速めていく。彼の唇はじゅうっと淫猥な音を立てて蕾に吸いつき、緩急をつけながらそこを刺激した。

「や、あぁ、あっ……！」

隘路で蠢くレオナルドの指が、腹側の部分を叩く。そこを刺激されると何か見知らぬ感覚が体を攫っていきそうな恐怖を覚え、ジゼルは体をしならせて精一杯拒絶した。

目を細めながら観察していたレオナルドは、仕上げとばかりに敏感な蕾を——噛《か》む。

「——ひぁっ!?」

その瞬間、ジゼルの視界に色とりどりの星が瞬き、体は弓のように反り返った。全身が勝手に激しく痙攣する。胸の鼓動は速く大きく鳴り響き、今にも口から心臓が飛び出してしまいそう。

レオナルドはそれにもかまわず噛んだ蕾を舌で強く刺激し、ジゼルを絶頂のさらに上まで容赦なく追いやった。

「やだっ、いや、いやぁっ……！」

ジゼルの視界は白く霞み、耳鳴りがして音が遠ざかった。

腰から頭の頂点にかけて背筋にびりびりとしたものが流れていき、ジゼルはただされるがままに体を震えさせることしかできなかった。

視界が、水彩画のようにぼんやりと滲んでいる。目の焦点が合わせられない。体はピクピクと小さく痙攣し続け、自分の意思では動かせない。

レオナルドはジゼルの隘路から指を抜き、指に絡みつく粘ついた蜜をさも美味しそうに、恍惚として頬を染めつつ舐めとっていく。ジゼルはただ荒い息をつき、そんな彼を呆然と見ていることしかできなかった。

蜜を残さず舐め終わったレオナルドは、ほう、と吐息をつき、じっとりと湿った視線をジゼルへと投げる。

「……君がいけないんだよ。君が、僕を拒絶するから……こうするしかないんだ。ごめんね？」

レオナルドは口調こそ丁寧だが、言動の端々に彼本来の身勝手で嗜虐的な性格が表れてきている。その様子は、今までのまさに『王子』といった麗しい姿はただの仮面だったのだ、ということをまざまざとジゼルに感じさせた。

ジゼルは絶頂後のまとまらない頭で、どうしてこんなことになってしまったのか、と嘆くと共に、彼の心の中を想像してみた。

（これが……本当の貴方なの？　レミーでもなく、王子でもなく、これが……レオナルドという、一人の男なの……？）

レオナルドはゆっくりと下穿きの釦《ぼたん》を外していく。寛《くつろ》いだそこからは、すでに硬く張り詰めている男の屹立《きつりつ》が姿を現した。麗しい彼に似合わぬほど逞しいそれは、先端から透明な蜜を垂らし、ドクドクと力強く脈打っている。

「さぁ、ジゼル。僕のものになるときが来たよ。たくさんほぐしたから痛みは少ないだろうけど……初めてだから、少しずつ挿れてあげるね」

レオナルドは労《いたわ》るようにそう言うと、ジゼルの上に覆い被さった。彼の不気味でいてもなお美しい顔が、ジゼルの目の前で微笑む。

レオナルドはジゼルの片足を抱え上げ、縦に大きく広げさせた。秘裂の中心に熱の塊が押しつけられる。

「……はぁ、ほら、感じるかい？　ジゼル。僕と君は……もうすぐひとつになるよ」

レオナルドはジゼルの顔を食い入るようにじっと見つめながら、ぐっと腰に力を込める。涎を垂らす先端がジゼルの中に少しだけ食い込んだとき。ジゼルは、ふ、と小さく吐息をついた。

こんな状況にありながらもジゼルの心は今、静かに凪いでいた。それは、今まさに自分を蹂躙しようとしている男の一面である、十年間を共に過ごした小さな親友を思い出していたからだった。

あの小さな彼は、会うといつも嬉しそうに目を細めて顔をこすりつけてくれた。話しかけると、首を振って一生懸命相槌を打ってくれた。

浴室で汗を流すときや着替えるときは、ジゼルが「遠慮するな」と言ってもなお、裸体を見ないように律儀にほかの方向を向いていてくれた。

快感で蕩けたあとの妙に晴れ渡った頭でジゼルは考えていた。至極冷静に、蒼の瞳をひたと見つめる。

「殿下、貴方は……貴方の心は、本当にこれを望んでいるのですか？」

ジゼルの問いかけに、レオナルドは動きをぴたりと止めた。歪んだ笑みを浮かべたまま、表情を固まらせてジゼルを見る。

「……どういう意味だい？」

「私は、レオナルド殿下という方をほとんど何も知りません。だから、私には本当の貴方はわかりません。けれど……少なくとも私の知っている貴方は……レミーは、こんなことは絶対に望みません」

「……」

「殿下ももちろんご存じでしょうが、私とレミーは言葉を交わしたことはございません。……けれど、十年間過ごしてきた私には……わかるんです」

レオナルドはそのまま固まった。まるで時そのものが止まってしまったかのように、微動だにしない。呼吸音すらも聞こえないそれに、ジゼルは少しだけ不安になった。

数秒ほど経ったころ。

不意に、表情を固まらせていたレオナルドの柳眉がぎゅっと中央に寄った。かと思うと蒼眼が潤いを増していき、大粒の涙が下瞼のきわに浮かび上がる。

「……本当は……」

震える涙声。彼の瞳に溜まる涙はある時点でそこから決壊した。とめどなく流れては頬を伝い落ちていく。ポタポタと落ちるそれは下にいるジゼルの頬を濡らし、寝台の上へと落ちてその色を変えさせた。

レオナルドはそれにかまわず、ただひたすらにジゼルだけを見つめ続ける。

「……本当は、わかっているさ。こんなことをしたところで、手に入るのは体だけ。むしろ君の心は……永遠に、手に入らなくなってしまうということくらい」

「……」

「けれど、どうしようもないんだ。君が好きで好きで、今すぐに僕のものにしたくてたまらない。僕のものにしてしまわないと、永遠にいなくなってしまいそうで……怖いんだ。……でも君に拒否されてしまった以上、もう僕には、この気持ちをどうしたらいいのか……こうして体だけでも手に入れることくらいしか、方法が見つからないんだ……！」

涙と共に堰《せき》を切ったように溢れ出すのは、この男の紛れもない本心。レオナルドは涙を拭おうともせずに、瞬きすらせず、ただジゼルだけをひたと見つめる。

「……ひどいことをしているのは、理解している。……けれど、心から愛しているんだ……！　君のことが愛おしくて、どうしても欲しくて、欲しくて欲しくて、奪ってしまいたくてたまらない……！」

「……」

「……ごめん。ごめんね、ジゼル。……本当に、ごめん……！」

レオナルドは鼻の頭を赤くして、ジゼルの上でぽろぽろと涙を流しながら幾度も謝罪の言葉を繰り返す。

ジゼルはそこに、彼の本当の姿を見た気がした。

幼い子供のような残酷さと純粋さを併《あわ》せ持ち、欲しいものをなんとしてでも手に入れようとする、身勝手で執着心の強い一人の男。

それが、王子でもなくレミーでもない、レオナルド・エシュガルドという男なのではないか、と。

もう、レオナルドはジゼルの恐怖の対象ではない。それどころか、こうして本当の姿を垣間見たことで、それがどんなに情けない姿であれ、わずかながらもいい感情を抱いていた。それは言葉では上手く表現できないものの、安心感と親近感が混ざったような、不思議な感情だった。

どうやらこれでレオナルドの暴走は止められたらしい。そのことを悟り、ジゼルの体からは自然と力が抜けていく。

そうなると気になるのは、縛られた手首や上げさせられている肩だった。長い時間拘束されていたからか結構痛む。

ジゼルはひとつため息をついた。それは、自分で思っているものよりも深く、疲労感が溢れるものになってしまっていた。

「……ひとまず、腕を解放してください。それから私の服も返してください」

「っ、ご、ごめん！」

レオナルドは服の袖で涙を大雑把に拭くと、急いで自分の身支度をして起き上がり、ジゼルの腕を解放した。脇机の上のたたまれていた服を、おどおどとした仕草で、まるで侍女になったかのようにジゼルへと着せていく。

レオナルドはジゼルに背を向けて寝台の上で膝を抱えた。普段は姿勢よく伸びている背中は、今は猫のように丸まっている。まるで叱られた幼い子供だ。

それを見たジゼルは、表情には出さないものの内心少し面白く思った。

ジゼルは痛む肩を揉みながら、状況を把握するべく周囲を見回した。

今自分たちがいるところは、狭い山小屋のようなところだった。

備えつけられている家具や調度品は古びているが、どこか質がよさそうなことも見てとれる。庶民が使うものというよりも、貴族が使うもののように感じられる。

「ここは、どこなのですか？」

「……エメラの森の奥の、貴族の隠れ小屋……」

「あの三本の尻尾の犬は、貴方が変身した姿だったのですか？」

「……そのとおりだ……」

「どうして私がエメラに来ると知っていたのですか？」

「……鳥に変身して、君の様子を窺っていたから……」

「今、何時ですか？」

「……十二時半……」

ジゼルは再びため息をついて、こめかみを回すように揉んだ。馬車を降りたのは確か十時ごろだったはず。ということは、もう二時間以上経ってしまっている。オーガスト博士との約束まであと三十分しか残っていない。

(間に合う、かしら。……いや、きっと間に合うわ。彼を使えばいいんだもの)

「こちらを向いてください、レオナルド殿下」

ジゼルは目の前で縮こまる男を呼び自分のほうに向けさせた。振り返った彼は、怯えたような目をして斜め下を向いている。ジゼルはその蒼眼をしっかりと見つめた。

「私の様子を窺っていたのならご存じだとは思いますが、午後一時にオーガスト博士に会う約束なんです。時間までに、私をエメラに連れていってください」

「けれど――」

「できますよね？」

口答えしようとする声に大きな声を被せると、レオナルドはぐっと喉を詰まらせた。

「お、狼に変身して乗っていけば、たぶん……」

「では、すぐに出発します。……ほら、さっさと変身して！」

「わ、わかった……！」

レオナルドは慌てた様子で立ち上がると、変身の魔法を使ったようだった。彼の姿はまたいつぞやの成長の早回し状態になり、その姿が変容していく。

（……なんて、綺麗なの……）

数秒後そこにいたのは、銀色の毛並みを持った一匹の大きな狼だった。毛並みは月の光のように冴え冴えと輝き、口から見える牙《きば》は鋭く野生の強かな美しさを感じさせる。蒼い瞳は吸い込まれそうなほどに透き通っていて、今は少し戸惑ったような表情でジゼルのことを上目遣いに見つめている。

ジゼルは獣の美しさにしばし見惚れていたが、ふと我に返ると、寝台から降りて小屋の扉を開け外に出た。

ジゼルに続いて外に出てきたレオナルドは一度ぶるりと体を震わせて、ジゼルを乗せるために姿勢を低くする。ジゼルは大きな背中に遠慮なくまたがり、柔らかな毛並みをひと撫でした。

「では、お願いします」

ジゼルは美しい獣になった王子を、博士のもとへと急いで走らせていった。

第六章　新たな関係

時は、午後一時を少しだけ過ぎたころ。

ジゼルは、エメラの街にあるとある喫茶店へと急いで入っていった。濃い色彩で統一された、落ち着いた雰囲気の店内。その奥のほうにある仕切りで囲われた貴賓席《きひんせき》には、待ち合わせをしている人物が、見るからに難しそうな本を読みながらすでに席についている。

ジゼルはその人物を見つけるなり、心と体を弾ませながら笑顔で駆け寄った。

「オーガスト博士！　お待たせしてしまって申し訳ございません！」

本を読んでいる人物――オーガスト博士は、白髪頭を後ろに品良く撫でつけ、鼻眼鏡をかけた高齢の男性だった。彼はジゼルを見つけると、眼鏡の奥の柔和な目元をさらに優しく細める。

「ジゼル君。今日も元気そうだね」

「はいっ、私は健康なことが取り柄なので！　博士に会うのですから、なんとしてでも元

ころまで続けられた。

気でいませんと！　ところで、以前話していたウサギの新種の件なのですが――……」

ジゼルと博士の、小難しくも有意義な話は尽きることがない。それは、太陽が西に沈むところまで続けられた。

橙色の夕陽がエメラの街を照らしている時刻。

オーガスト博士と別れたジゼルは、とある建物へと向かっていた。手早く目的を果たすと、今度は森に向かって足早に歩き出す。

『オーガスト博士とは、たぶん夕暮れくらいには別れると思います。だからそれまで、その姿まま、ここで待っていてください』

狼の姿をしたレオナルドを山小屋から森の入り口まで全速力で走らせたあと、ジゼルは彼にそう言い残してからオーガスト博士に会いに行った。

その言いつけどおり約束の場所できちんと待っていた白銀の狼に向かって、ジゼルは先ほど買った『あるもの』を不躾《ぶしつけ》に突き出した。

それは、一枚の紙きれ。

白銀の狼――レオナルドは、その姿のままだとそれがなんなのかよく見えない様子だった。顔を傾けながら、困ったようにジゼルを上目遣いで見つめる。

「変身、解いてもいいですよ」

そう言うと、狼の姿がまた人間のものへと変わっていく。変身を解いて人の姿へと戻ったレオナルドは、眉を下げて気まずそうな表情をしている。彼は一度ジゼルの顔を窺い見たあと、その紙きれにそっと手を伸ばし受け取った。顔の近くに持ってきて、呆然とした様子で目を見開く。

「……劇、の鑑賞券……？」

「殿下は私のことを知っていても、私は貴方のことをまったく知りません。それなのに急に結婚してくれだなんて、あまりにも突飛だと思います。……しかも、あんな犯罪まがいのことまでして」

「……え？」

「そりゃあ、私だって一応貴族の端くれですから。政略結婚とか、そういうことがあるのも理解はしています。けれど……本当に私の心が欲しいと思うのなら、順序というものが大切だとは思いませんか？」

つい早口になってしまう。それは緊張と、なんとも言えない妙な恥ずかしさから。

「まず、お互いを知るためには、友達から始めるべきでしょう？」

レオナルドの視線には合わせることができなかった。頬が熱くなってしまっているのは、自分でも自覚している。

そんなジゼルをただ見つめるレオナルドは鑑賞券に視線を移したあと、大切そうに両手で包み込んで胸に押しつけた。不安そうに視線を揺らめかせ、地面を見つめる。

「僕を……許してくれるのか……？」

「……少しだけ、です。レミーは、私の大切な親友でしたから。だから、彼に感謝してくださいね」

レオナルドは目元を赤くさせて、今度こそジゼルを見つめる。その視線にどうしてか恥ずかしくなってしまい、ジゼルは視線だけでなく顔も横に背けた。

ジゼルが今日、オーガスト博士との待ち合わせよりもずいぶんと早く出立したのは、鑑賞券を買うためだった。

エメラの街は観劇の街としても有名で、この国でも有数の大きな劇場がある。そこには普通の貴族たちだけでなく、王族もよく訪れるのだという。

レオナルドとのあの食事のあと、ジゼルはずっと彼のことを考えていた。

レオナルドのことはまだ許すことはできないが、レミーが大切な親友であることには違いない。レミーでもあるレオナルドという人間を完全に拒絶するのは、どうしても後味が悪い。

一人の間にじっくりと考えた結果、恋愛や結婚は抜きにして、まずはレオナルドの為人《ひととなり》を知りたいと思った。その第一歩として、自分から劇に誘ってみようかと思ったのだ。レオナルドにあのような非道なことをされた今でも、彼の本当の姿を垣間見られたからか、その気持ちは変わっていない。

ジゼルは、あの背中の丸まった、幼い子供のようなレオナルドのことをどうしても切り

捨てることができなかった。拒否することができなかった。有り体に言えば、絆されたと言ってもいいのかもしれない。

それに正直、レオナルドのような見目麗しい王子にあのように情熱的に——狂気的に、とも言えたが——求められて、多少は心を揺さぶられてしまった、というのも否めないかもしれない。


「では、次の休日の十一時に、劇場前でお待ちしています」

瞳を潤ませて呆然とジゼルを見つめるレオナルドを置いて、ジゼルはエメラの街に向かって踵《きびす》を返した。もうまもなく日が暮れてしまう。馬車に乗って家に帰らなければならない。レオナルドは、ハッと我に返ったように目を見開く。

「っ、待ってくれ！」

レオナルドは思わず、といったようにジゼルの手首を掴む。

ジゼルは唐突に訪れた人肌に少しだけ驚きつつも、表情に出さないように気をつけて顔を後ろにひねった。横目でレオナルドを一瞥する。

「まだ用があるのですか？」

「その日は、九時半に馬車で迎えに行くから。君は、家で待っていてくれ」

「……わかりました」

「それから、ありがとう。挽回の機会をくれて。……絶対、君を振り向かせてみせるから」

「……そうですか。せいぜい頑張ってくださいね」

ジゼルの愛想のない返事のあと、レオナルドは潔く手を放した。彼の瞳には光が灯《とも》り、強い決意が窺える。山小屋のときのような仄暗さは鳴りを潜め、朝日を反射する海のように、美しく輝いているように見えた。

――レオナルドとの約束の日。

ジゼルは今、澄んだ夏空のような青色のドレスに身を包んで鏡台の前に座り、エマによって髪を結い上げられているところだった。

このドレスはエマが選んだものではなく、ジゼル自身が選んだもの。

なぜレオナルドの瞳の色を身につけたくなったのかは、自分自身でもよくわからない。

ただ山小屋で彼の本当の姿を見てから、別れ際の美しくも強い視線を浴びてから、ジゼルの心はずっとささやかに波立っていた。

（どうしてなのかしら。彼のことを思い出すと、胸がざわつく。こんなの、初めて……）

ジゼルが無意識のうちに物憂げなため息をつくと、髪を結い上げているエマが細い目を微笑みの形に変えた。ジゼルはそれを鏡越しに視界に入れる。

「お嬢様は、あのお方をどう思っていらっしゃるのですか？」

『あのお方』が誰のことを差しているのか、は聞かなくてもわかる。ジゼルはさらにもう一度、ため息をついた。

「わからない。でも……結構、怒りは落ち着いてきたと思う。そのかわりに、なんだか胸がモヤモヤするの。こんなの、初めて」

エマは髪を結い終えると、ジゼルの両肩に励ますように手を置いた。厳しげな顔に母親のような慈愛の笑みを浮かべて、鏡越しにジゼルを見つめる。

「お嬢様。人の心というものは、時や状況によっていかようにも変わるものです。そのときそのときで、自分の気持ちに正直に生きればいいのですよ」

「でも、正直にって言っても、それがわからないのよ……」

「では、ひとつずつ解決していきましょう。お嬢様は、あのお方が好きですか？　嫌いですか？」

「……どちらでもないわ」

「さようですか。そうしましたら、彼のことを知りたいと思いますか？　知らなくてもいいと思いますか？」

その質問の答えは、あの鑑賞券を買おうと思った時点ですでに出ている。

「……知りたい」

「それならば、話は簡単です。あのお方とよく話し、観察し、わからないことはしっかりと話を聞いて、自分の本当の気持ちを見つければいいのです」

「本当の、気持ち……」

「はい。そのときに大切なことが、ひとつあります」

エマは鏡台の引き出しからシンプルなネックレスを取り出してジゼルの首に着けた。それは小粒の翠玉《エメラルド》がついたもので、鏡の中できらりと輝いている。

「ご自分の気持ちをまっすぐに見つめ、嘘をついてはいけません。自分に正直に、あのお方と接してください。……その結果は、必ず後からついてきますので」

「……わかったわ」

ジゼルはネックレスにそっと触れた。小粒のエメラルドは、大地で根を張り見守ってくれている植物の色。安心感を覚える。

エマからの助言は、その安心感と共にジゼルの心に留まり続けた。


約束の午前九時半きっかり。王家のお忍び用の馬車は、美しい毛並みの馬をいななかせて辺境伯邸に到着した。

馬車の中から颯爽《さっそう》と現れたレオナルドは、今日は落ち着きのある栗色のスーツに身を包んでいる。それを見たジゼルは、頬が熱くなっていくのを感じていた。

今日は二人とも、お互いの瞳の色の服を着ていることに気づいたからだ。

レオナルドはジゼルとその隣に立つ辺境伯に向かって優雅に礼をする。頬を朱に染めるジゼルを、愛しいという感情をこれでもかというほどに溢れさせて見つめた。

「……あぁ、ジゼル。そのドレスは初めて見たけれど、とても綺麗だね。あまりにも君に似合いすぎているから、妖精かと思ってしまったよ」

「……っ」

その自然に出てくる気障《きざ》な褒め言葉にどうもいたたまれなくて、ジゼルはよりいっそう頬を赤く染めて斜め下を向いた。レオナルドはそんなジゼルにくすりと小さく笑みを漏らすと、今度は辺境伯に向かい合う。

「辺境伯、今日はお嬢様を一日お借りするよ。必ず、夕刻までには送り届けるから」

「……はい。至らない娘ですが、どうぞよろしくお願いいたします」

父にはジゼルからレオナルドに手紙を送り、あくまで『友達』として観劇に誘ったと説明してある。決して、レオナルドからされたあのことは言っていない。

二人で出かけるという報告を聞いたとき、父は心なしか嬉しそうにしていた。それに水を差すかのごとく、あのことを言ったらどうなるか。結果はなんとなく想像がつく。

レオナルドはジゼルに向かって軽く頭を下げ、真っ白い手袋に包まれた右手を差し出した。その姿は、まさに『王子様』と呼ぶにふさわしい。以前より顔色もよくなっている。

ジゼルは一瞬だけ迷ったあと、胸をドキドキとさせながらレオナルドの手にゆっくりと自らの右手を重ねた。その瞬間、ぎゅっ、と思ったよりも強く握られてしまって——。

「——っ」

驚いてとっさに手を引こうとしたが、レオナルドによってさらに手を強く握られてしまい、引くことができなかった。

レオナルドは頭を下げたまま、視線だけをちらりと上げる。その蒼い瞳はどこか挑戦的な光を宿しているように見えて、底知れぬ圧を感じたジゼルは無意識のうちにごくりと息を呑んだ。

王家のお忍び用の馬車は、黒塗りの外観は幾分簡素なものの、中の装飾はなんとも豪華なものだった。座席や窓のカーテンに施された刺繍は非常に繊細で、ひと目で一級品だということがわかる。

ジゼルはレオナルドにエスコートをしてもらって馬車に乗ると、進行方向が見えるほうに座るよう案内された。おそるおそる腰掛けると、座面は驚くほどに柔らかい。

レオナルドはジゼルに続いて馬車に乗ると、御者が扉を閉める前に改めて辺境伯に向かって頭を下げ、なんのためらいもなく――ジゼルの隣に腰掛ける。

ジゼルは、思わず目を見開いて隣の男の顔を見つめた。

「……え？」

「ん？　どうかしたかい？」

「……え、いえ……なぜ、こちらに？」

普通、恋仲や夫婦でもない男女が馬車に同乗したら対面に座る。これは、いくら疎いジゼルでもわかることだ。なのに、レオナルドは当然のことのように隣に座ってきた。

レオナルドは頬を薄紅色に染めて、少し照れくさそうにはにかんだ。

「……君と、同じ景色を見たくて」

その殊勝《しゅしょう》な態度に、ジゼルの胸が再びとくりと脈打つ。

何も言わないジゼルに、レオナルドははにかんだ顔を今度は不安そうに曇らせた。

「やはり……隣は、嫌かい？」

今まで強引に、執拗《しつよう》に迫ってきたくせに、唐突に下手に出られるとどう対応したらいいのかわからない。その健気な仕草を拒否するのは、どうしてかこちらが意地悪なことをしている気分になってしまう。

ジゼルは少し迷ったあと、レオナルドから顔を背けて彼と反対の窓のほうを向いた。

「……べ、別に、かまいませんが」

その声は妙な緊張のせいで少しだけ震えたものになってしまったが、レオナルドのほうからは、ほっと安心したような吐息が聞こえてきた。


馬車の中で、レオナルドはぽつりぽつりと話しかけてきた。それに対してジゼルは窓の外を見やりながら気のない相槌を打つだけだったが、レオナルドはたいして気にする様子もなく話し続けている。

今日ジゼルたちが観る予定の劇は、身分の差で結ばれない運命にある男女の恋物語だ。ジゼルは今まで物語にはまったく興味がなかったが、男女が交友を深めるのにどうしたらいいのかと考えたところ、なんとなく劇の鑑賞はどうかという結論に行き着いたのだ。エマや侍女たちにおすすめを聞いて、最近評判のこの劇を観ることに決めたのである。

「今日の劇、僕はまだ観たことがないんだけれど、世間ではものすごい人気みたいだね」

「……そのようですね」

「ジゼルは劇にはあまり興味がなかったよね？　どうしてこの劇に？」

「エマたちからおすすめを聞いたので」

「そうだったんだね。……ふふ、エマやアンナは恋愛物が好きだと言っていたものね」

アンナとは、辺境伯邸で働く、エマの次に歴の長い侍女の名前だ。

レオナルドはレミーとして辺境伯邸に十年もの間訪れている。だから、あの家の構造や使用人のこともよく知っているのは当たり前のこと。しかし、人間の姿の彼からそういった話題が出てくるのはまだどうも慣れない。

「……そうか、じゃあこれは、君が積極的に選んだわけではなかったんだね」

レオナルドはどこか悲しそうに小さく呟く。ジゼルにはなぜ彼が悲しさを感じているのか理解ができなかった。疑問を素直に聞くことにして、ちらりと横に視線を向ける。

「そうですけど……それがどうしたのですか？」

「……僕と一緒に観る劇に選んでくれたのが恋愛物だったことに、少し……期待してしまってね」

——何を期待したのか。

それは、ジゼルの目を真摯に、熱を込めて見つめてくるレオナルドの瞳が雄弁に物語っている。それを理解した途端、頬に熱が集まるのがわかった。逃げるように、急いでまた反対側を向く。

「かっ、勝手に期待されても困りますっ！」

「……そう、だよね」

レオナルドは顔を背けるジゼルの後頭部を見つめながら、眉を下げて切なそうに笑った――が、それを振り払うように、一瞬の後には麗しい微笑みを浮かべる。

「ところでね、ジゼル。劇場の北側に、新しい料理店ができたことを知っているかい？」

唐突な話題の切り替えに虚を衝《つ》かれたような気分になり、ジゼルは眉を上げてレオナルドのほうに視線を向けた。

「……いえ、それは知りませんが……」

「では、今日劇を観たあとそこで昼食をとろう。おすすめの店なんだ」

「……大丈夫、なんですか？」

その『大丈夫か』という質問には、いくつもの意味がこもっている。

レオナルドはただの貴族ではない。王族だ。そんな彼が、いくら観劇で有名な街とはいえ突然現れたら店も周囲も驚くだろう。そもそも、今日は護衛だってついてきていない。彼自身の身だって危ないのではないのだろうか。

レオナルドは、まるで悪戯《いたずら》が成功した幼子のようににんまりと口の端を上げる。

「実はね。観劇の終わりの時間に合わせて、貸切の予約を入れてあるんだ」

「……それ、私が行かないと言ったらどうするつもりだったのですか」

「そりゃあ、お店の方に申し訳ないから僕が一人で行って、お腹がはち切れてでも君の分まで食べるしかないよね」

「……」

（まるで脅《おど》しのように言うけれど、貴方のお腹がはち切れたところで、私は何も困らないわ）

　そうは思いながらも、ジゼルはレオナルドからのその提案を受け入れることにする。特に断る理由がない――むしろ、もっと彼と話してみたい、という気持ちがジゼルの中で確かに存在していたからだった。


　エメラの街に着くと、馬車は速度を落として劇場に向かって進んでいった。劇場前の馬車停めに到着すると、御者がノックしてから扉を開けてくれる。

　レオナルドは栗色のスーツと合う深紅のボーラーハットを目深に被り、先に馬車を降りてジゼルのために片手を差し出してくれる。ジゼルはその手を借りて馬車を降りたあと、目の前の劇場を仰ぎ見た。

　磨かれた白い石材で作られた、二階建ての荘厳な劇場。入り口は滅法高く、周りは煌びやかな格好をした者たちでごった返している。

　先日も鑑賞券を買うためにここに来たが、券売所は劇場の横に併設された小さな建物の中にあるため、正面からまじまじと見てはいなかった。

ジゼルは馬車を降りたあと、エスコートをしてくれているレオナルドから手を放そうとしたが、彼はそれを許してくれない。それどころかジゼルの手を自分の腕に誘導させた。

「あの、殿――」

「しっ」

レオナルドは空いているもう片手の人差し指を、すばやくジゼルの唇に当てる。

「ここでは、レオと」

帽子の下の彼の蒼眼は、影になっているというのにきらりと輝いている。

その瞳に魅入られ、唇から伝わる感触にもあてられ、ジゼルはレオナルドと目を合わせたままぴくりとも動けなくなった。

「混んでいるから、このまま。……ね？」

レオナルドは、目尻を下げてひどく艶やかに微笑む。その微笑みに目と心を鷲摑みにされてしまい、ジゼルは唇を引き締めてぎこちない頷きを返すことしかできなかった。

劇場の入り口には、入場待ちの列ができていた。ジゼルもその列に並ぼうとしたのだが――。

「僕たちはこちらだよ、ジゼル」

レオナルドはジゼルを引き留め、列から離れて劇場の端へ向かって歩いていく。彼の謎の行動に、ジゼルは歩きながら首をひねった。

「え、あの、で……レオ、どちらに行くのですか？」

「特別なところ。あと、敬語はいらないよ」

「え？　けれど――」

「僕と君は同い年だ。それに、今の僕は君と同じ、ただの貴族子息。だから、堅苦しくしなくても大丈夫」

「……わか、った」

そう素直に従うと、レオナルドは満足そうに微笑んだ。

レオナルドは劇場の端の、劇場関係者が使用するような脇扉のほうへ向かっていく。扉の両脇には二人の男が立っており、鋭い視線で周りを見回している。

レオナルドはその男たちに近づくと、帽子を少しだけ上げて軽く会釈をした。

「やぁ。ご無沙汰しているね」

二人は頭を深く下げ、一人がすばやく扉を開ける。

「ようこそおいでくださいました。どうぞ、中へ」

「ありがとう」

「お飲み物は紅茶でよろしいでしょうか」

「あぁ。頼むよ。……あぁ、あと、今日は砂糖とミルクは多めにつけておいてくれ」

「畏《かしこ》まりました」

レオナルドは当然のようにその中を進んでいく。ジゼルは何が起こっているのかわからず、きょろきょろと視線を彷徨《さまよ》わせてレオナルドについて行くことしかできなかった。

「レ、レオ、ここは……？」

「僕は、わりと劇が好きでね。よく観に来ているんだよ。……特にここは、王族専用の席があるから」

「王族、専用の席？」

「そう、二階の正面」

ジゼルが買った鑑賞券は、二階にある貴族席のもの。王族専用の席があるとはまったく知らなかった。

「えっと、じゃあ……私が用意した券は？」

「あれを使って入ってしまったら、券がなくなってしまうだろう？」

レオナルドは一度立ち止まると、そっとジゼルの手を自らの腕から離した。スーツの内ポケットから可愛らしい装飾が施された小さな箱を取り出す。

レオナルドがその蓋を開けると、中には何か薄いものが布に包まれて入っていた。布を開いた彼は、中のものを取り出してみせる。

「それ……」

レオナルドが取り出したものは、もちろんジゼルもよく知っている。自分が買って彼に渡した、あの鑑賞券だったから。

「これはね、僕の宝物なんだ」

目を伏せたレオナルドは、鑑賞券を口元に持っていき――。

「っ！」

ちゅっ、と可愛らしい音を立てて口付けた。彼は唇をそこにつけたまま、瞼をゆっくりと上げてジゼルを見据える。

その仕草と上目遣いのきらめく瞳は、ジゼルの頭を沸騰させてしまいそうなほどに色気溢れるもので。

「そ、そう……」

ジゼルは動揺を隠すために顔を横に背け、かすかな声をなんとか喉から絞り出した。


レオナルドの案内のもと王族専用席に入ると、彼は勝手知ったる我が家とばかりに鑑賞の準備を整えていった。帽子と上着をコートラックにかけ、手袋も外して下穿きのポケットにしまう。

王族専用席には香炉が置かれており、レオナルドはいくつか置かれている香の中から香りを吟味して一本を選ぶと、燭台の火で香を焚《た》いた。甘くも刺激的な香りが部屋に満ちていく。

その間、ジゼルは初めて入る劇場の個室をまじまじと観察していた。扉の正面には深紅の分厚いカーテンがかかっている。ここから舞台を見ることができるのだろう。

その手前には二人掛けの座席が階段状になって縦に三つ並んでいる。座席は濃い茶色と深紅、差し色の黄金で統一されており、あまりの威厳に気圧されてしまいそうだった。

「ここからが一番よく見えるんだ」

レオナルドが正面のカーテンを開くと、重厚な雰囲気を放つ、赤い葡萄酒《ぶどうしゅ》のような色の巨大な幕が降りた舞台が見える。

「……舞台って、あんなに広いのね」

「そうだよ。あそこで劇団員たちが自分のすべてを使って物語を紡ぐ。とても素晴らしいものだよ、劇は」

レオナルドは蒼い瞳をきらめかせて舞台を見ている。その視線だけで、彼は本当に劇が好きなのだ、ということがジゼルにもよくわかるほどだった。

不意にノックの音が部屋に響いた。レオナルドが返事をすると、劇場の係員がワゴンにティーセットを載せて入ってくる。さっそく紅茶を注ごうとしていた係員を、レオナルドは静かに制止した。

「下がっていいよ。それは私がやるから」

「……畏まりました。ごゆるりとお楽しみください」

「あぁ、ありがとう」

係員が退出すると、レオナルドは手ずからポットを持ち、カップへと紅茶を注ぐ。甘い香の匂いの中に、紅茶の芳《かぐわ》しい香りが入り混じった。

「ジゼル。君は砂糖もミルクも多めが好きだったよね」

「……うん」

レオナルドは紅茶と砂糖、ミルクをジゼルの座席に近いローテーブルに置く。次いで、彼が自分のカップに紅茶を注ごうとしたとき。ジゼルはそっと止めた。

「待って」

「ん？」

「貴方のは、私が入れるわ」

「……え？」

「ポット、貸して」

「……」

別にこれは、好意からの行動ではない。ただ人として、すべてを彼にもてなしてもらうのはどうなのか、と思っただけだ。

ジゼルはわずかに緊張しながら少しずつポットを傾けて紅茶をカップに注ぎ、彼の目の前に置いた。

「はい」

「……あり、がとう……」

ジゼルは自分の座席にゆっくりと腰掛ける。ここの座席も、馬車と同様にとても柔らかなものだ。

レオナルドはそんなジゼルをじっと見つめたあと、紅茶に手を伸ばす。ひと口飲んだ彼は、小さく吐息をつく。

「……君が入れてくれた紅茶は、すごく美味しいよ、ジゼル」

その呟きのような言葉をきっかけに、ジゼルも自分の紅茶に手を伸ばした。まずは砂糖もミルクも入れずに、そのままの味を楽しむ。

「……貴方が入れてくれたのも、結構……美味しいわ」

その紅茶はまだとても熱い。同時に、どこか甘酸っぱい気もした。

横からは焦げてしまいそうなほどの熱い視線を感じていたが、それに目を合わせることはできなくて、ジゼルは紅茶に目を落としたまま ちびりちびりと飲み進めた。


まもなく開幕という時刻。

それまでは饒舌だったレオナルドだが、今はぼんやりと前を見つめて黙り込んでいる。その静寂がどこか気まずく、ジゼルはそわそわと落ち着かない気分を持て余していた。

「す、すごいわね、ここ。寝ていても気づかれなそう」

だから、その言葉もこの静寂を打ち破るためになんとなく放ったものだった。

「……そうだね」

レオナルドからの相槌が聞こえてから、ジゼルは紅茶に手を伸ばす。けれど、右側から伸びてきた手にそっと掴まれたため、カップを手にすることはできなかった。

「……え？」

その手は優しくジゼルの手首を摑んだあと、するりと肌の上を移動して、上から包み込むようにして握り込む。

手袋を着けていない、白くなめらかな、しかし男らしく節ばった手。長い指はジゼルの指の間にそっと入り込んでくる。

ジゼルはその動きを、息を詰めたまま見つめることしかできなかった。ふと布ずれの音がして、右側の彼が少しだけ体を近づけてくる。

「劇場の貴族席はね、よく逢瀬の場所として使われるんだよ。その理由が、わかるかい？」

胸の高鳴りが止まない。手の甲から伝わってくる熱が、熱い。

彼の言う、その理由。それは、なんとも不埒な理由。

「……な、何を、考えているの」

「僕の頭の中は、ジゼル、君のことだけだよ。十年前からずっと、僕は君のことだけを考えている。……でも」

レオナルドは、そこで一度言葉を切った。す、と大きく息を吸う。

「君が嫌なら……いつまでも、どれだけ老いようとも……我慢する」

その、少し自信がなさそうな声に誘われて、重なり合う手から視線を外した。右のほうに視線を向けると、潤んだ蒼眼と目が合う。

必死に、ひたとこちらを見つめてくるその瞳は、懇願するように切なく歪んでいる。その瞳を見ているとどうも胸がざわめき、ジゼルは慌てて彼とは反対のほうを向いた。

「手、だけ、なら……」

ジゼルの手を包み込む大きな手が嬉しそうにさらに強く握ってきたとき、開幕の声が聞こえ、ジゼルたちの正面に見える幕が厳かに上がった。

(この劇場はものすごく広いのに、どうしてこんなにも声が通るのかしら……?)

劇が始まってからまず初めにジゼルが思ったことが、それだった。次第に、劇団員たちが紡いでいく物語にぐっと引き込まれる。

愛し合う男女が引き離されてしまう苦しさが、胸を穿つ。お互いを必死に求め合う切なさに胸が苦しくなる。二人を引き裂く悪役は腹立たしく、思わず口汚く罵りたくなるほど。劇中に奏でられる音楽はその音色の振動が体に直接響いてきて、心を揺さぶられた。

ジゼルは自分でも気がつかないうちに、手に汗を握って目の前の劇に見入っていた。右隣で手を握っているレオナルドのことなど、すっかり忘れるほどに。没頭しすぎて、紅茶すらも飲んでいなかった。

劇が終わり、拍手喝采と共に幕が下りたとき。ジゼルの頬には、幾度も流れた涙によって乾いた筋ができていた。一階の座席のほうから終幕のあとのざわめきが聞こえる中、ぼうっと席に腰掛けて、ただただ余韻《よいん》に浸る。

(これが……劇、なのね……小さいころに絵本を読んだことはあったけれど……物語というものが、こんなに素敵なものだったなんて……）

ジゼルの横で同じく余韻に浸っていた様子のレオナルドが、少しだけ身を寄せてきた。

「劇、どうだった？」

「……とても、よかったわ」

「最後、二人が一緒になれてよかったね」

「っ、うん、本当に……」

物語の最後、運命によって引き裂かれた二人は、決死の覚悟で道を切り開くことによって、ようやく一緒になることができた。その場面を思い出すと、また涙が溢れ出てくる。

「……はぁ、どうしよう。止まらない……」

ジゼルは、その涙を左手で持っていたハンカチで拭おうとした。

「ねぇ、ジゼル」

「？　どうし──っ!?」

しかし拭う前に名前を呼ばれてしまい、右側にちらりと目線を向けると。思ったよりも近くに美麗な顔があって、思わず驚いて目を瞑ってしまった。

──直後。目元に、柔らかな何かがそっと触れる。それは一瞬のことで、ちゅっ、と軽い音が響いたかと思ったらすぐに離れていく。

「こすったら、腫れてしまうよ」

その声に誘われて、おそるおそる瞼を上げる。目の前では、レオナルドが何かをこらえるような表情でこちらを見つめている。

胸が苦しい。呼吸がしづらい。

潤んだ蒼に、彼と同じような表情をした自分が映っている。

見つめ合うこと数秒。麗しい顔が、ゆっくりと近づいてくる。

彼の顔が傾き、温かな息が触れ合い、鼻先がこすれ、唇同士も重なり合う、その刹那。

——ふに。

ジゼルはとっさにレオナルドの口元にハンカチを押しつける形で、彼との間に左手を滑り込ませた。急いで顔を横に背ける。

「っ、だ、だめ、まだ……」

なぜ『まだ』と言ったのかは、自分でもわからない。

レオナルドはわずかに目を見張ったあと、切なそうに眉根を寄せた。右手でジゼルの左手をそっと掴み、手の甲に——口付ける。

「……わかった。今日は我慢する」

今日『は』と、ことさら強調したレオナルドはこらえるように、ひとつ、深い吐息をついた。

「では、そろそろ昼食を食べに行こうか」

「……う、うん」

立ち上がったレオナルドは、包み込んでいるジゼルの右手をそっと引く。ジゼルもその手に引かれるまま、ゆっくりと席から立ち上がった。

劇場を出てから再び馬車に乗り、ジゼルとレオナルドは先ほど話していた料理店に向かっていた。馬車が店の前に到着すると、店主らしき男が出てきて深く頭を下げる。

「本日は、当店にお越しいただき誠に光栄でございます、レオナルド殿下」

それに対してレオナルドは、困ったように眉を下げて笑う。

「あまり大袈裟にしないでくれ。貸切にしているけれど、今日は一応お忍びだから」

「はい、畏まりました。……では、こちらへどうぞ」

店主はレオナルドたちを窓際の開放的な席へ案内した。

窓は大通りに面しているが薄いレースのカーテンがかかっており、外からレオナルドの姿を視認することはできないだろう。

「では、例のものを頼むよ」

「はい、畏まりました。お飲み物はいかがなさいますか」

「料理に合うものを」

「承知いたしました」

店主が去っていったあと、ジゼルは今のやりとりに関して首を傾げた。

「レオ、例のものって……？」

「んー……、ふふ、お楽しみ」

テーブルに行儀悪く頬杖をついて、レオナルドはにやりと口の端を上げる。

そんな気障な仕草も彼がやるとそのまま絵になりそうなほど様になっていて、どうにも腹立たしい。

「あ、貴方って相当女性に慣れているのね」

「ははっ、まさか。幼いとき以外は、女性と手を繋いだこともないよ」

「嘘よ、ダンスとかするでしょう?」

ジゼルは辺境伯令嬢としての役目をほとんど果たしていなかったが、王族であるレオナルドはそうもいかないだろう。舞踏会や夜会には数えきれないほど出席してきたはずだ。そのような場で、この麗しい見た目の彼が放っておかれるとはとても思えない。

疑いの目を向けるジゼルを他所に、レオナルドはくすりと楽しそうな笑い声を漏らす。

「ダンスの誘いも、エスコートの依頼も、全部兄上に押しつけてきた。……僕の中で、手を繋ぎたい女性は君だけだ。十年前からずっと、ね。……もしかして、嫉妬《しっと》してくれているの?」

「っ、ま、まさか!　何を言っているの!」

女性に慣れていないというのに、どうして彼はこうも余裕があるのだろう。そのへにゃりと柔らかく目尻を下げた表情がよりいっそう腹立たしく思えてしまって、ジゼルはふいと横を向いた。

「お待たせいたしました。こちら、本日の特別メニューでございます」

料理や飲み物をワゴンで運んできた店主は、一枚の大皿をジゼルたちの間にコトリと置いた。それを見た瞬間、ジゼルは思わず息を呑む。

「……！」

楕円形のこんがりと焼けたパンに肉や野菜が溢れるほどに挟まれたものが、二人分用意されていた。それ自体も具だくさんで大変美味しそうなのだが、ジゼルが息を呑んだ理由はそれではない。

パンの周りを、犬や猫、馬や熊、蛙、そしてトカゲの形に彫られた野菜たちがぐるっと囲んでいた。それは両手で包み込めそうなほどに小さなものだが、今にも動き出しそうなほどに精巧で生き生きとした表情をしている。

皿にも緑と濃茶のソースで装飾がなされ、まるで皿という森の中で動物たちが遊んでいるようだった。

「すごい、可愛い……！」

「店主はこの店を開業する前は名うての彫刻家でね。店で食事をすると、客の好きな形に野菜を彫ってこうしてつけてくれるんだ。……今回のも、素晴らしい出来だね」

「恐れ入ります」

しかし、ジゼルはその野菜たちを見ながらもあることに気を取られていた。

これは、皿に載った野菜の彫刻。食べられるものだ。しかし、こんなにも完成度の高い芸術品を、果たして食べてもよいのだろうか、と。

「あの、これって……食べられるものなの……?」

「はい、ソースをつけてお召し上がりください」

「でも、こんなに見事なのに……。まるで生きているみたい。なんだか、もったいない気がしてしまうわ」

「この作品は、食べ物です。お客様にお召し上がりいただいて、初めて完成するのです。彼らもそれを望んでおります」

「……わかったわ」

「では、ごゆっくりとお過ごしください」

店主が去っていったあと、ジゼルたちはまずパンに手をつけた。挟まっている肉は燻製にしてあるようで、香ばしい香りが口内に広がる。一緒に入っている葉野菜も瑞々しく、非常に美味しい料理だった。

「……どの子からにしようかしら……」

野菜の彫刻たちをじっくりと見ながらまず何から食べるべきかジゼルが悩んでいると、正面に座るレオナルドは物言いたげな視線を向けてくる。

「ねぇ、ジゼル。できれば、なんだけど……」

「……なに?」

「最初に食べるのは、トカゲにしてくれないかい?」

「……どうして?」

「最初に君の中に入るのは、僕でありたいんだ」

(何よ、その理由……)

そう思いつつも特に拒否する理由もないので、要望どおりトカゲをフォークの腹にそっとすくって目の前に持ってくる。そのトカゲはレミーにとても似ていた。

トカゲにもさまざまな種類がいる。確実に、レオナルドはレミーの姿を意識して店主に彫刻を依頼したのだろう。

ちらり、と目の前に視線を向けると、蒼い瞳は熱を孕んでジゼルを見つめている。

「ね、ねぇ、どうしてそんなに見つめてくるの」

「君の可愛い口が、僕を食べるところを見たいから」

「なっ……こ、これは貴方じゃなくて、ただのトカゲの彫刻よ」

「でも、レミーに似ているだろう？」

「似ているって……貴方が似せて作らせたんでしょう」

「……まぁね。……さ、早く食べてみてよ」

ジゼルは恥ずかしいような気まずいような、なんとも言えない気持ちを感じながら、フォークですくったそれを口の中に運んだ。歯で嚙み砕くと、ソースと混ざり合った野菜本来の味がじわりと舌の上に広がっていく。

(やっぱり、少しもったいない気はするけれど……とても美味しいわ、これ)

しばらくの間味わって咀嚼《そしゃく》していると、レオナルドは先ほどよりもとろりと蕩けた顔で見つめてきていた。

「どう？　僕は美味しい？」

「だ、だから、これは貴方じゃなくて野菜よ。美味しいに決まっているわ」

「……ふふ、そうだね。全部君が食べていいよ」

「……ありがとう、いただくわ」

ジゼルはふにゃりとゆるんだ顔から視線を逸らし、黙々と動物たちをすべて平らげた。

「ねぇ、ジゼル。次の休日も、一緒に出かけないかい？」

食事が終わって二人で甘い珈琲《コーヒー》を飲んでいるとき。レオナルドからそう聞かれて、ジゼルは少し答えに迷ってしまった。

レオナルドと一緒に過ごすのは思ったよりも悪くなかった。むしろ、楽しかったと言ってもいい。次の休日も一緒に過ごせたら、きっと楽しいだろうと思う。けれど、たった一日で今までの怒りを忘れてそれを素直に認めるのは、どうも許せない気がした。

ジゼルのその迷いを払いのけるように、レオナルドはにこりと爽やかに笑う。

「君と、遠乗りに行きたいんだ」

「……遠乗り？」

「そう。……北の、ガフェスの森に」

「――えっ!?　ガフェスの森!?」

ジゼルは驚きのあまり腰を浮かしかけてしまった。

ガフェスの森とは、レーベンルート辺境伯領の北に接する王家直轄領にある樹海のことだ。あまりにも深い森で遭難者が続出し、野蛮な獣もいるため、王家はこの森に許可なく入ることを禁止している。

その未開の森には見知らぬ動植物も多いとされている。最近、オーガスト博士によって発見されたとある新種のウサギもそこを主な生息地としていたが、なかなか許可が下りないため調査は進んでおらず、ジゼルも口惜しく思っていた。

「あ、あそこに入れるの!?」

「僕を誰だと思っているの？　王家の人間、しかもこの国の王子だよ？」

「……」

「どうする？」

ジゼルはこくりと喉を動かした。自分の中の、生物学者の卵としての心がうずうずと騒ぎ出す。このような機会は滅多にないことだ。

「……い、行きたい……！」

気づいたら、両手を握り締めてそう答えてしまっていた。

レオナルドは満面の笑みで笑い、安心したような吐息をつく。

「よかった。君が喜ぶかなって、前々から考えていたんだ。また朝の九時に迎えに行くから、一緒に馬に乗っていこう。ジゼルは自分で馬に乗りたいだろう？」

「うん」

通常の貴族令嬢は自分では馬に乗らず、馬車や誰かと一緒に乗ることが多かった。しかし、ジゼルは普通の令嬢とは違って自分で馬に乗ることが好きだ。レミーとして長年ジゼルの傍にいたレオナルドは、それをよくわかってくれている。

「君は調査のための道具をたくさん持っていくだろう？　だから、飲み物や昼食は僕が用意していくよ。森で一緒に食べよう。景色のいいところを知っているんだ」

「ありがとう。……あの、すごく……楽しみだわ」

「僕もだよ、ジゼル」

ガフェスの森に行くからには、準備は念入りにしなければならない。まず、遠くから観察するために遠眼鏡《とおめがね》は必須だ。それから写生をするための道具に、毛や土などを採集するための道具、小動物なら罠で捕獲して、オーガスト博士のところに連れていったほうがいいかもしれない。

頭の中で必要なことを考えているうちに、ジゼルの意識は初めて足を踏み入れるガフェスの森へとすでに飛んでいた。

そんなジゼルを、レオナルドは目を細めながら見守っていた。

料理店を出たジゼルたちはエメラの街をふらりと散策したあと、また馬車に乗って帰路につく。そのころには、今朝までは感じていたレオナルドに対する抵抗心のようなものは、ジゼルの中からほとんどなくなっていた。

　今日のレオナルドの態度が、信じてもいいのではないか、とジゼルに思わせてくれたからだ。ガフェスの森へ遠乗りをする提案がそれに拍車をかけてもいる。

　空が茜色になる前に、ジゼルたちは辺境伯邸に帰宅した。レオナルドはジゼルを辺境伯の手に無事に送り届けると、また馬車に乗り込む。

「では、次の休日に。楽しみにしているよ」

「……うん。私も、楽しみにしているわ」

　ジゼルは自然とレオナルドに微笑みかけていた。辺境伯が、娘のその態度の変化に目を丸くしていることにも気づかずに。

　そうしてジゼルとレオナルドは、最初の逢瀬を終えたのだった。

＊＊＊

　レオナルドは王都へ向かって走る馬車から、窓の外をなんとはなしに眺めていた。

（今日は楽しかったなぁ。本当に）

　思わず口元が綻んでしまって、馬車の中で一人、くすくすと笑う。

「……本当に、純粋で素直で……可愛いね、ジゼル……」

　レオナルドは下穿きのポケットに手を入れた。

そこから取り出したのは――一枚の白いハンカチ。

これは自分のものではない。先ほどの観劇のときに、ジゼルが涙を拭いていたものを、彼女の動揺を利用して少々拝借したものだ。ただ、これを返す気はないから拝借とは言えないかもしれないが。

座席に寄りかかり、上を向く。愛しい人が涙を拭っていたハンカチで鼻を覆って、深く深く、息を吸う。ジゼルから感じる若草のような瑞々しい香りが、鼻腔《びくう》を通り抜けて体の中に染みていくようだ。

レオナルドは空いているほうの手で、すでに下穿きを押し上げているものを布越しに撫でた。釦を外してそこを寛げ、猛《たけ》る屹立を取り出す。

「はぁ……なんて、君は……罪な子、なんだ……」

目を瞑ると、瞼の裏には最愛の人の今日の姿が場面ごとに切り取られ、何度も何度も流れ始めた。

レオナルドが行動を起こすたびに、むくれたように照れる表情。

紅茶を注いでくれたときの、伏し目がちな色気のある表情。

劇を見たあとの、泣き腫らして少しふっくらとした目元。

口付けを焦《じ》らす、潤んだ瞳。

トカゲ《自分》を食べる、小さな口。そこから覗く、可愛らしい前歯。

レオナルドの右手は、昂《たかぶ》りの先から滲み出している雫を全体に塗り込めてから、ゆっくりと上下に扱《しご》いていく。左手はハンカチをよりいっそう上から押さえつけた。すうはあ、と深い呼吸を繰り返し、記憶の中のジゼルの面影をなぞる。

「……あぁ……ジゼル……っ、好きだ……」

十年間ひたすら想い続けていた最愛の人と、ようやく人として接することができた。二人きりで出かけることができた。

本当は、正体を明かさなければ、と何度も思っていた。真正面から好きだと伝えたかった。けれど――怖かった。

レミーとしての関係が心地よくて、求婚の準備のためと自分と周囲に言い訳をし、ずるずると十年も引き延ばしてしまった。

その結果、一度はジゼルの信頼を失ってしまった。

しかし、この十年の積み重ねは自分の力になってくれている。必ず、ジゼルの心を取り戻してみせる。

「ジゼル……っ、愛してる、ジゼル……っ！」

絶頂はすぐにやってきた。ぶるりと震えて手のひらに濃い白濁を放つ。

ハンカチに残る愛しい人の残り香を嗅ぎつつしばらく惚けたあと、自分のハンカチを取り出してべったりとついたそれを拭った。

「代わりのハンカチ、買ってあげないとね……」

ジゼルのこのハンカチは、レミーだったころに見たことがある。確か、レーベンルート辺境伯領内にある老舗の衣服店のものだったはずだ。今度同じものを買って、彼女のクローゼットの中にしまっておかなければ。

レオナルドはジゼルのハンカチを大切にたたんでポケットにしまい、自分のハンカチは馬車の中の屑籠に捨てた。身支度を終えたあとに窓を開いて、御者に向かって口を開く。

「では、僕は先に帰るから。気を遣わず飛ばしてかまわない」

「畏まりました、お気をつけて」

「あぁ」

レオナルドは青と灰が混じったような色をした猛禽類《もうきんるい》――隼《はやぶさ》へと姿を変え、窓から勢いよく空へと飛び出した。

第七章　彼の思惑

　ジゼルとレオナルドの初めての逢瀬から、その次の休日の日。

　遠乗り用の乗馬服に着替えたジゼルは、自室の窓から外を見つめ、レオナルドの到着を今か今かという気持ちで待ちわびていた。今日の髪は、生物を観察するときに邪魔にならないよう高い位置で一本に結わいてもらっている。

　ジゼルの肩にはずっしりと大きい鞄《かばん》がかけられており、生物観察をするためのあらゆる道具が詰め込まれていた。その肩紐をいじくりつつ視線を窓の外のあちらこちらに投げながら、そろそろ到着するはずの馬に乗った姿を探すこと、数分。

「……！」

　時刻はまもなく午前九時になりそうなころ。

　遠くのほうに馬に乗った人影を見つけ、ジゼルは知らず知らずのうちに笑顔を溢れさせていた。急いで荷物を持って自室から出て、階段を駆け下りる。外に出ると、ちょうどその人影が辺境伯邸の敷地内に足を踏み入れたところだった。

やってきた人影――レオナルドは、黒い乗馬服を着込んで、栗毛の美しい毛並みの馬に跨《また》がっていた。彼はジゼルの姿を見つけるなり顔を柔らかく綻ばせ、颯爽と馬から降りる。

ジゼルのあとから外に出てきた辺境伯に向かって、優雅な仕草で礼をした。

「遠乗り日和のいい天気だね、辺境伯。今日もお嬢様をお借りするよ」

「……二人だけでガフェスの森に入るのは、少々危険なのでは？」

「私がいれば大丈夫だよ」

「……どうか森の奥深くには入りませんよう。くれぐれもお気をつけください」

「あぁ、もちろんだ。ジゼルに危険が及ぶようなことは、絶対にしない」

ジゼルは厩舎《きゅうしゃ》に向かい、灰色の毛並みのリアラという名の馬を連れてレオナルドのもとに急ぐ。荷物を鞍に括《くく》りつけたあと、誰の手も借りずにその背中に飛び乗った。

それを見たレオナルドは、感心したような吐息をつく。

「さすがだね、ジゼル。飛び乗りは女性には難しいだろうに」

「……そう、かしら。慣れているだけよ」

レオナルドが甘く見つめてくるたびに、胸がとくとくと音を立てる。この気持ちは、いったいなんなのだろう。

「ガフェスの森までは、ここからだいたい一時間くらいかかる。道案内は僕がするけれど、速さは君に合わせるよ」

「わかったわ。……リアラ、お願いね」

ぶるると頭を振る灰色の毛を撫でると、リアラは嬉しそうに目を細めた。

ジゼルたちはガフェスの森に向かって馬を走らせる。

その二人の背中を、辺境伯は心配そうに見送っていた。


途中、小川が流れていたところで一回休憩を挟み、ジゼルたちは予定どおり一時間ほどでガフェスの森に着いた。

森の入り口は、わずかな獣道があるだけでまったく整備されていない。ジゼルたちは馬から降りると、森の入り口で彼らを放した。

馬というものは頭がいい。手綱を繋いでおかなくとも、緊急事態のとき以外は勝手にどこかへ離れたりはしないはずだ。

「飲み水も置いておこうか」

レオナルドが空中に手を掲げると、彼の手のひらの辺りから小さな雫が生まれ、次第に大きな球体となって空中にふわりと浮かび上がる。彼はそれを持ってきた容器に入れると、馬たちの前に置いた。

ジゼルが魔法を見たのはこれが初めてだ。噂には聞いていたが、その奇跡のような技に驚いてしまって言葉も出てこない。

「……す、ごいのね、魔法って。そんなこともできるのね」

「んー、そうだね。けれど、こうして水や炎を出せるのは、王家の中でも僕くらいなものだよ」

「そうなの。ほかの方々は、どんなことができるの？」

「もとからそこに存在するものを操ることができる。例えば、降ってきた雨を避けたり、炎を消したりとか」

「……それも、充分すごいわ」

「そうだね。……けれど、どうかな。少しは僕のこと、見直してくれた？」

レオナルドは水を飲む馬の頭を撫でながら、期待に満ちた目でジゼルを見つめる。

その姿に、牧場で飼っている犬の姿がどことなく重なった。ジゼルの指示どおりに動いたあと、褒めてくれ、と言わんばかりのキラキラしたつぶらな瞳を向けてくる犬のことを。

ジゼルは思わず、ふっと軽く吹き出してしまった。

「少しだけね」

「本当？　……あは、嬉しいな」

レオナルドは頬をへにゃりとゆるませ、少し恥ずかしそうに首をかく。その、彼に似合わない初心《うぶ》な様子に可愛らしさを感じて、まるで心がくすぐられるような心地がした。

「ねぇ。変身するのも、王家の方ならできるものなの？」

「いいや。あれも、僕だけの特技」

レオナルドは右手を宙に掲げた。その腕は徐々に変容していき、真っ白な鳥の翼に変わる。辺りには白い羽根がふわりと舞い踊った。

「すごい……体の一部だけも変身できるのね」

「そう。昔はトカゲにしか変身できなかったけれど、今は見たことがあればどんな動物にでも変身できるよ」

「……便利ね」

「まぁね。でも代償はあるよ」

「――えっ!?　代償って、どんな？」

ジゼルはその『代償』という言葉が非常に気になった。

レオナルドはレミーになるため、月に一回は変身していたはず。ジゼルが知らないだけで、彼が実際に変身している回数はそれよりももっと多いのだろう。もし代償が危険なことなのだとしたら、すぐにでもそれをやめさせたほうがいい。

腕をもとに戻したレオナルドはゆっくりとジゼルに近づいてきた。秘密の話をするように手のひらで口元を囲い、耳元に唇を寄せてくる。

「……とても、君が欲しくなる」

その言葉の意味が瞬時に理解できず、頭が真っ白になった。

「……え？」

「君の声や、吐息、匂い、仕草、すべてが愛しくて仕方がなくて、下半身が疼いてしまうんだ。だからそのあと自分で触って慰め――」

「ななな何を言っているの!?」

低い声で耳に囁《ささや》かれたあまりにも赤裸々な告白に、顔から火が噴き出してしまいそうになる。ジゼルは火照《ほて》る耳元を押さえ、急いでレオナルドから距離を取った。

(じゃ、じゃあ、彼は……私のことを考えて、じっ、自慰行為を……!?)

性的興奮を抑えるために、自分で触る。動物にもそういう行為をする種族はいる。だから、その行為の存在自体は知っている。

けれどまさか、レオナルドがそういった行為を、しかも自分を思いながらしているだなんて想像もしていなかった。そんなジゼルを見つめるレオナルドは吹き出すように破顔《はがん》して、腹を抱えて大きく笑う。

「あはは っ！　本気にした？　顔、真っ赤にしちゃって」

「……え？　なっ、かっ、からかったのっ!?」

「……ふふ、本当はね、魔法を使うと結構疲れてしまうんだ。特に変身の魔法は。だから、あまり多用はできないんだよ」

「──もうっ!?」

なんということだろう。彼にしてやられるとは。

ジゼルはぐっと唇を引き締めると、レオナルドから背を向けて森へ向かってさっさと歩き出した。レオナルドも笑いながら少しの距離を空けてそれに続く。

「……でもね、ジゼル」

前を歩くジゼルの下穿きに包まれた丸い尻や白く映えるうなじに、レオナルドはじっとりとした眼差しを向けた。柔らかく弧を描いていた口角は、徐々に引き上がっていく。

その表情は、あたかも獲物を狙う肉食獣のよう。

「君を想いながらしているのは……本当だよ」

その昏い囁き声は、先を歩くジゼルには届かずに——。

「……毎日、ね」

深い森の中に、沈むようにして溶けていった。


森の中は鬱蒼としており、少し薄暗い。ジゼルは足元に気をつけつつ、動物たちの痕跡を見逃さないようにあちらこちらに目を向け、少しずつ森を進んでいく。

足場の悪いところは、レオナルドが自然に手を差し出してくれる。ジゼルは自分でも気づかないうちに、なんの抵抗もなくその手を借りていた。

「どう、何か気になるものはある？」

「さっき動物の足跡のようなものを見かけたわ。けれど古すぎて、なんの動物のものかまでは……」

「そうか。もう少し探してみよう」

「うん」

少しずつ進んでいくと、ジゼルはまた足跡らしきものを発見した。しゃがみこんでよく見てみると、足跡は比較的新しく、綺麗な形のまま土の上に残っている。

それを見て、ジゼルの心は躍った。縦に細長いふたつの足跡の前に、点のようなふたつの足跡がある。これは、ウサギの足跡の特徴だ。

「まだ新しい。近くにいるわ。新種のウサギかもしれない」

「……その新種のウサギは、どんな見た目をしているんだい？」

「メスは焦茶色《こげちゃいろ》の体毛で、オスは小麦のような黄色。ほかの種類よりも少し小さめだけど、見た目は普通のウサギと変わらないわ」

「……確か、ほかとは違う特徴があるんだっけ」

「そうなの、それがね――」

そのとき、ジゼルの耳は何かの音を拾った。風や葉ずれの音ではない、粘ついた水音のようなもの。かすかに、しかし断続的にどこからか聞こえてくる。

ジゼルは片手の人差し指を口に当てて、レオナルドの目を鋭く見上げた。レオナルドもそれで察したらしく、一瞬だけ目を見張ったあとに鋭く周囲を見渡す。

ジゼルたちの右側に、大人が手を広げた幅くらいの大木がある。その向こう側から、音は聞こえてきていた。

ジゼルは足音を立てないようにして、そっとそちらに近づいた。木の陰から目だけをひょっこりと出して、向こう側を覗き見る。

（あれは……！）

ジゼルの視線の先には、先ほどレオナルドに説明したとおりの見た目をした二匹のウサギがいた。茶色い個体の上に黄色い個体がのしかかっていて、こまかく腰を振っている。今まさに交尾中のようだ。

ジゼルはゆっくりと鞄を開け、板に取りつけた羊皮紙と木炭を取り出した。そのまま木の陰からウサギの様子を描いていく。

見た目の特徴は、オーガスト博士から聞いていたものとほとんど変わりない。しかし若干、思っていたよりも耳が長い気がする。それも正確に写生しなくては。

「……あの新種のウサギは、ほかの種類と違って交尾がすごく長いようなの」

「……」

「普通のウサギの場合は、だいたい数十秒。小動物全般に言えることなんだけど、生き残るためにはすぐに射精しないと話にならないのよ。食べられてしまうから」

「……」

「けれど、彼らは何時間も飲まず食わずで、しかも何十回も交尾をするようなの。オーガスト博士とも話したのだけど、生息地であるこの森に彼らを捕食する動物が少ないのか、もしくはそれらから逃れられる特別な術を持っているのか、あるいは捕食されてもかまわないほどに個体数が多いのか。その三つの説が有力。でも、現時点ではまだまったくわからないわ。……あぁ、あと、交尾中に何かしらの物質を出して、天敵から逃れているのではないか、という説もあるわね」

「……」

「この森には狐らしき足跡も見かけたし、猛禽類の捕食痕も見かけたわ。だから捕食動物がいないということはないと思うの。でもそうなると――……」

ジゼルは一心不乱にウサギたちの写生をしながら、彼らについての情報を言葉として紡いでいく。それはレオナルドに説明するというよりも、自分自身の頭を整理するという意味合いが強かったのかもしれない。

ジゼルの後ろから覆い被さるようにしてウサギたちの交尾を覗き見ていたレオナルドが、不意にジゼルの耳元に唇を寄せた。

「ねぇ、ジゼル。あのウサギたちってさ、僕たちと似ていると思わないかい？」

「……――で、それで…………えっ？」

レオナルドの突拍子もない話に、ジゼルはふと手と口を止めた。羊皮紙から顔を上げて後ろを振り返り、彼の顔を見上げる。うっすらと微笑んだ麗しい顔が思ったよりも近くにあり、少しだけ驚く。

「茶色いメスと、黄色のオス。僕たちの髪の色と一緒だよね」

そっと、いやに丁寧な仕草で、レオナルドの手がジゼルから羊皮紙と木炭を取り上げる。それらを地面の上に静かに置いた彼は、ジゼルの背後から両手を木について彼女の体を木と自分の体で挟み込んだ。

ジゼルは唐突なことに頭を整理しきれなくて、ただ呆然とレオナルドがする行動を見つめているだけだった。

「ねぇ、そう見えないかい？」

レオナルドの手がジゼルの顎を摑み、ぐい、と顔をウサギへと向けさせる。

ジゼルの視線の先では、茶色いメスウサギが黄色いオスウサギにのしかかられて性器を挿入され、力なく地面に寝そべっている。また、よく見ると彼らの周りには透明なゼリー状の液体――ウサギの精液が飛び散っていることから、すでに何度も交尾し、射精しているのだろう。

（あれが……私と、レオに……？）

こくり、と口内に溜まった唾液を嚥下《えんげ》する。

レオナルドの言うように、あの交尾するウサギたちを今の自分たちに置き換えてみてしまったら。もう、それ以外には見えなくなってしまった。

（……レオに、後ろからのしかかられて……それで……）

どうしてか、体中の毛がぞわりと逆立った。ドクドクと脈打つ胸がうるさい。勝手に息が荒くなってきてしまい、ジゼルは無意識のうちに口元を手で覆っていた。

（交尾……ウサギの……人間、の……レオ、と……）

はっはっ、と弾む息を漏らすまいと両手で口元を押さえつける。大きな音を立てたらウサギが逃げてしまう。それなのに思い出してしまうのは、先日レオナルドからされてしまった、あの淫らな行為だった。

あれは、ジゼルの意思を無視した実に身勝手なものだった。けれど今、体の記憶として甦るのは、あの背筋を駆け抜けていった強烈な感覚で――。

ふと、耳元に熱い息がかかる。

「見てよジゼル。あのメスウサギ、とっても気持ちよさそうにしているね。きっと、もう何度も子宮に精子を出されて……ふふ、妊娠してしまうね」

「……っ、へ、変なこと、言わないで……」

「変？　おかしいね。交尾は命の営みだろう？　それは……ジゼルが一番よくわかっているはずだ」

「だ、だって……」

「……あぁ、そうか。……いやらしいこと、想像してるの？」

「っ！」

レオナルドは、ジゼルの体を今度は自分のほうに向けさせた。ジゼルが間近で見た蒼い瞳には、絡みつくような情欲の炎が揺らめいている。

口元を押さえている両手を力強く摑まれ、硬い樹木に押しつけられる。そうされると、まるで自分がこれから捕食されてしまうウサギになったような気分だった。

「今日こそは、いただくよ」

レオナルドの美麗な顔が、焦らすようにして近づいてくる。

その獰猛《どうもう》な蒼の瞳が、あまりにも美しくて、力強くて。この異様な雰囲気に呑まれてしまって。

ジゼルはもう、その唇を拒否することはできなかった。

「……んっ」

柔らかな唇は一度軽く触れ合うと、そのまま滑るようにして下唇を食《は》んだ。食まれたまままぬめる舌でなぞられると、首の後ろの辺りにぞくりとした感覚が走る。

「……はぁ、ジゼル。唇って、こんなにも……柔らかいものなんだね……」

唇を離したレオナルドが、うっとりとした表情で囁く。その感想にはジゼルも同意見だった。

彼には一度、攫われたときに無理やり口付けられたことがある。そのときは強引なものだったため、唇の感触をじっくりと味わうなんてことはもちろんしていなかった。

(柔らかくて……温かくて……気持ち、いい)

この異様な雰囲気に呑まれたせいで、考えがまとまらない。頭がぼんやりとする。

レオナルドはジゼルの膝の間に膝を割り込ませて、より体を密着させた。今度は唇全体を押しつける。ふに、ふに、と柔らかさを堪能するように唇同士が重なり合う。

「……ねぇ、口、開いてみて？」

明らかな興奮を宿す声に誘われて、ジゼルは言われるままに口を開いた。

「舌も出して」

それもまた言われたとおりに少しだけ舌を出すと、即座にレオナルドの舌がそこに絡まった。まるで蛇のように動くそれは、ジゼルの舌を扱《しご》き、舌先で表面をなぞっていく。

ぼやけた頭がさらに甘く滲み、もう、舌で感じるものに縋ることしかできなくなってしまっていた。

「……っ、は、あ……」

「……美味しいよ、ジゼル。君も、絡めて」

低く囁かれたその指示に、体が勝手に動いていく。舌に触れるぬめるものに向かって、自分からも舌を伸ばした。くちくちと粘着質な水音が森の中に静かに響き、舌からもたらされる感覚で体がいっぱいになっていく。

「あ……っ」

舌がこすれ合うたび、痺れるような気持ちよさが頭の中を蕩けさせる。徐々に息が熱を孕んでいき、口の端から唾液が垂れるのも厭《いと》わずにその感覚に没頭する。

いつの間にか木に押さえつけられている手はレオナルドの片手でまとめられていて、彼の空いた手はジゼルの首筋を指先で優しく撫でていた。その手が、ジゼルの襟元にかかる。

「はぁ……本当に、君は可愛い……」

レオナルドはいったん口を離すと、ジゼルのシャツの釦をぷちりぷちりと外していった。寛げたそこからは、白い首筋と胸元があらわになる。

「印、つけるよ」

「え……？　んっ」

レオナルドはその首筋に静かに唇を寄せて、しかし噛みつくように口付け、きつく吸い上げる。

釦を外していた手はシャツの中に入り込み、ふくらみを持ち上げるようにして外気にさらけ出した。桃色の尖りが、つん、と上を向いて立ち上がる。

その刺激に、ジゼルは突如として我に返った。

「ま、待って、レオ、だめ……っ！」

「大丈夫。ここはガフェスの森だよ？　誰も入ってこない」

「でも、こんなこと……！」

「嫌？」

そう問われて、まるで矢で射るかのように鋭く見つめられる。

「嫌？」

さらに、もう一度問われる。

レオナルドの表情は、その視線の強さとは反対に余裕のあるもので、わずかに微笑んですらいた。彼のその圧倒的な雰囲気に呑まれて、拒否しなければならないのに、ジゼルは答えに窮《きゅう》してしまった。

微動だにしないままきゅっと口を噤《つぐ》むジゼルに、レオナルドは目を細めると再び胸元に顔を戻していく。

「ま、あ……っ」

——待って。

そう言おうとしたが、レオナルドの唇が胸の先端を捉えたことによって、ジゼルの口は言葉を紡げなくなってしまった。唇に挟まれ、ちゅ、と可愛らしい音を立てて吸われ、一瞬の後にはじゅうっ、と強く吸い込まれる。その強弱のある刺激はジゼルの腰を揺らめかせ、どうしようもなく息を荒げさせた。

不意に、レオナルドの手がジゼルの下穿きの釦を外していった。彼の手はゆっくりと下穿きをずり下ろし、ジゼルの白い肌を剝き出しにしていく。

「……あは。ねぇ、糸を引いているけれど……どうしてかな？」

「……！」

その羞恥心を煽るような問いに、ジゼルは顔を歪めた。そこがどんなに潤っているかなど、言われなくても自分で感じている。しかしレオナルドはその問いに答えが返ってこないのはわかっていた様子で、ふふ、と軽く笑った。

「後ろ、向こうか」

レオナルドの手が一度離れ、ジゼルの向きを変えさせる。木に両手をつかされると、自然と腰が彼のほうに突き出てしまう。

「もっとお尻を突き出して」

「……っ」

目をぎゅっと瞑って、言われたとおりにさらに尻を突き出す。どうして、こんな破廉恥《はれんち》なことに抵抗しないのか。自分でもよくわからない。

下穿きが膝のところまで無遠慮にずり下ろされて、ひやりとした外気にあられもないところが触れる。無意識のうちに体が震えた。

「あぁ……本当に綺麗なお尻だね。丸くて、瑞々しい……桃みたいだ」

レオナルドは土がつくのも厭わずに地面に膝をつくと、両手でジゼルの尻の肉を割り開き、惹きつけられるようにしてその秘部に顔を埋めた。

「……ふ、ぁ……！」

熱い舌が、秘裂やその後ろの窄《すぼ》みをなぞる。長い指が潤む蜜壺へと入ってきて、ジゼルの快いところを容赦なく蹂躙する。レオナルド自身も息を弾ませていて、その興奮と同様に指の動きも初めから大胆なものだった。

「あっ……レ、オ、やぁ……！」

媚びた甘い女の声が森に響く。ぐちゅぐちゅと鳴る卑猥な水音が、それをかき消していく。蜜路を絶え間なく刺激されながら、レオナルドのもう片方の手が敏感な秘芯を捉えた。唾液と混じり合い溢れ出した蜜を存分に塗りたくられ、二本の指できゅっと扱《しご》かれる。

「――あぁっ！」

目の前で火花が散るような、その鮮やかな感覚。これは、知っている。以前、レオナルドによって攫われたときに刻まれた、あの感覚。

ドクドクと体全体が脈打ち、背筋に快感が駆け上がり、そして――。

「っ――!?」

ジゼルは歯を噛み締め、声にならない悲鳴を上げて、体を打ち震わせた。その瞬間、秘裂からは何かの液体が勢いよく噴射され、地面に降りかかっていく。

レオナルドはジゼルの中からゆっくりと指を抜き、したたる蜜をいつかのように美味しそうに舐めとっていった。

「……ふふ、すごいね、ジゼル。いやらしい蜜がこんなに出たよ。……はぁ、甘い。癖になる……」

酩酊《めいてい》したように夢見心地な蒼い瞳が、ジゼルの蜜を吸い込み色が濃くなった地面を捉える。

「……あぁ、もったいない……全部、飲みたかったなぁ……」

その呟きは、もちろんジゼルの耳には入っていた。

しかし快感で蕩けた頭では、それを理解することまではできなかった。

太陽は、真上で燦々と輝いている。

「さぁ、昼食を食べに行こうか」

そうレオナルドに言われたとき。ジゼルは体を清められ、いつの間にか服を着せられていた。ぼんやりとしているうちに横抱きにされ、元来た道を戻っている。

逃げてしまったのか、傍にはもう、あの新種のウサギの姿は見当たらなかった。

しばらく進むと森の出口が見え始め、乗ってきた二頭の馬が草を食んでいるのが見えた。レオナルドは一度ジゼルを腕から下ろすと自分の馬に乗り、ジゼルに向かって手を差し伸べる。

「一緒に乗っていこう。おいで」

呆けながらその手を摑むと、力強く引っ張り上げられる。レオナルドの前に座らされ、後ろからすっぽりと包み込まれた。

「この先に、見晴らしのいい丘があるんだ。食事を持ってきているから、そこで食べよう」

「……うん」

ぱかりぱかり、と馬がゆっくりと歩いていく。ジゼルはその揺れにまかせるまま、視線を宙に投げて放心していた。ふと後ろのほうを横目で見ると、ジゼルの馬であるリアラも、レオナルドの指笛に呼ばれてしっかりとついてきている。

(私……あんな、あんな淫らなこと……なんで、抵抗しなかったの?)

誰の姿も見えないとはいえ、野外で、肌をさらけ出して。はしたなくも嬌声を上げて。

(まだ、経験したこともないのに……私って実は……ふしだらな女だったの?)

婚約者でもない、想いを通じ合わせてもいない男に、体を暴かれて。それなのに、快楽を享受して。

——嫌？

レオナルドからそう聞かれたとき、自分の中の答えはひとつだった。

（私、レオに触れられて……嫌じゃ、なかった）

以前、無理やり触れられたときはひどく腹立たしく、憎くさえあったのに。

（むしろさっきは、ドキドキして……。『待って』なんて言ったけれど、本当はもっと……触って、ほしくて……）

背中をすっぽりと覆う彼の上半身に。腹部に回る意外と逞しい腕に。頭の上のほうから聞こえる静かな吐息に。レオナルドの存在すべてから、嫌というほどに『男』というものを感じてしまう。

（私は……レオのことを、どう思っているの？）

ジゼルは、自分の気持ちが自分でもよくわからなくなっていた。


その後しばらくすると、レオナルドが言っていたとおりの見晴らしのいい丘に到着した。

レオナルドはそこにある一本の大きな木の傍までいくと馬を降りる。

「ここで食べよう。天気がよくてよかった」

空を仰ぎ見ると、確かに雲ひとつない晴天だ。今のジゼルの心境とは正反対に。

レオナルドは荷物の中から敷き布を取り出し、昼食の準備をしたあとに、未だ心ここにあらずのジゼルを馬から降ろした。

敷き布には大きなバスケットがどん、と置かれている。バスケットの中には、チーズや乾燥果実がゴロゴロと入った数種類のパンと、ひと口大に切られた瑞々しい果物が入っていた。

「王城の料理人が焼いてくれたパンだよ。君のために、五年もののチーズを使ったんだ」

「……そう」

「……」

ジゼルは敷き布に座ったものの、まだ放心状態が続いていた。ジゼルの後ろに回り込んだレオナルドが、馬上のときのように後ろから抱え込んで顔を覗いてくる。

「ジゼル、どうしたの？　何か悩んでいるの？」

その問いに、腹部に回るレオナルドの手を、ジゼルは両手で握り締めた。

つい先ほどまではこの手が肌を這い、大事なところに入り込んで快楽を刻みつけてきたのだ。

「私……自分の心が、わからないの」

「自分の、心？」

「……だって、私、私……あんなこと……それ、なのに……」

言い淀んでいると、「……あぁ」とどこか腑に落ちたような声が後ろから漏れ聞こえる。

「僕の手で気持ちよくなってしまったことが、いけないことだと思っているの？」

「……っ」

そう言葉で明言されると、途端に顔が熱くなってくる。戸惑いよりも、今は羞恥が心を占めていた。

まるでそれを慰《なぐさ》めるかのように、レオナルドの手がジゼルの髪を優しく梳《くしけず》っていく。

「大丈夫。ジゼルは変ではないよ。だってそれは、僕のせいなんだから」

「……え？」

意味がわからなくて、それを問うために顔を上げて後ろを振り返った。

「言っただろう？　振り向かせてみせる、と」

「……？」

それでも理解ができなくて首を傾げると、頬に短い口付けが降ってくる。

「……人は、心と体で恋をする。僕は君に……どちらも堕ちてきてほしい」

「……！」

そこでようやく、彼の言いたいことを悟った。

つまりジゼルは、レオナルドによって体を落とされそうになっていたということだ。

「わ、私たち、婚約者でもないのに。……ふしだらだわ。あんなこと……」

「そう？　性欲は生き物の本能だろう？」

「で、でも、だってあれは、子供が……」

「……ふふ、大丈夫。僕は、ただ君に僕の存在を意識させたいだけだから。最後まではしないよ」

レオナルドは、まるで悪戯っ子のようににんまりと笑う。

その笑顔はいやらしく、しかしなぜか爽やかなようにも感じて、ジゼルは胸の内に不可思議な感情を抱えることになった。

＊＊＊

実を言うと、交尾時間が長いというあの新種のウサギの特徴やその見た目について、レオナルドはしっかりと把握していた。以前レミーだったころに、ジゼルからその話を聞いていたからだ。

そのことがジゼルとの関係を進展させられる可能性を秘めていることにも、もうずいぶんと前から気づいていた。だからこそ、ガフェスの森への遠乗りを提案したのだから。

ジゼルは生物学者の卵として、もちろん生殖についてもよく学んでいる。けれどそれが自分の身に起こり得るものだということは、あまり意識していない。

そんな彼女にそれを意識させたら、どうなるのか。結果はこのとおりだ。

ジゼルはずっと、レミーのことを『親友』としてあつかってきた。レオナルドのことは、よくて『親友の皮を被った見知らぬ人間』といったところだろう。

だが今日のことで、ジゼルはレオナルドのことを『男』として完全に意識したはずだ。それは、彼女の意識が『女』として目覚めたことと同じ意味となる。

今まで、ジゼルは人間ではない生き物にばかり興味を向けてきた。彼女を振り向かせるには、まず恋愛感情というものを意識させなければならない。

　ここに来たがっている彼女を喜ばせたいという思いは嘘ではないが、一番の目的である計画は、どうやら上手くいったようだった。

（ジゼル。早く、僕を見て。好きになって。愛して。堕ちてきて）

帰路は荷物をすべてジゼルの馬に乗せ、レオナルドはジゼルを前に乗せて馬を歩かせる。

行きとは違い、彼女は恥ずかしそうに頬を赤らめている。

（まぁ……絶対、逃がさないけどね）

レオナルドは愛しい人に気づかれないように、その細い体を抱え込んでひっそりとほくそ笑んだ。

第八章　夕焼けの涙

遠乗りに行った日以降、ジゼルとレオナルドは休日のたびに会うようになっていた。

それは常に昼間で、場所もレーベンルート辺境伯領内の植物園だったり公園だったりと実に健全なもの。短い時間の中でも、ジゼルたちはたくさんのことを語り合った。

ジゼルについては、レオナルドはよく把握している。だからジゼルは、主にレオナルドに関して話を聞いた。

得意なことは、細剣を使った剣舞や、地政学や心理学だということ。

嫌いなことは、付き合いで行かなければならない夜会や舞踏会だということ。

兄のアルフォンスと仲はよいが、堅すぎて息苦しいと思うときがあるということ。

では好きなことは何か、と聞いたとき。レオナルドは蒼の瞳を蕩けさせて、ジゼルの目を見つめた。

——君に関すること、すべてだよ。

そう言われたとき、ジゼルの胸は激しく音を立てて、しばらくおさまってくれなかった。レオナルドに関することをひとつひとつ知っていくたびに、ジゼルの心の中でレオナルドという男が形作られ、その存在感を大きくさせていった。

ガフェスの森で触れ合って以降、二人の間で淫らな行為は行われていない。それどころか、口付けや手を繋ぐことすらもしていなかった。それは、夫婦でも恋仲でもないジゼルたちにとって当たり前のこと。

しかし、レオナルドは言っていた。ジゼルの心も体も意識させる、と。

それなのに。

（どうして彼は……私に触れないの？）

レオナルドと一緒に過ごすのは楽しいと思う。けれどその矛盾した彼の言動にジゼルの心には霧がかかり、体はじくじくと疼いた。気がついたらレオナルドによって触れられた唇や首筋、胸、女の大事なところを意識してしまう。

（胸が、ドキドキする。苦しい……）

最近はぼんやりとすることが多い。そういうときにジゼルの頭の中を占めているのは、あの蒼い瞳だ。

（私……いったい、どうしてしまったの？）

正直、ジゼルはその火照った体を持て余してしまっていた。

ある夜、ジゼルは自室で眠れない夜を送っていた。

寝台の上で横になり、ゴロゴロと何度も寝返りを繰り返す。その間、腹の奥から出てくるため息を何度も吐き出しては、ぼすん、と枕に顔を埋めた。

今頭の中では、あの遠乗りでの出来事が繰り返し流れている。心と体——有り体に言ってしまうと女の秘めたる場所が、うずうずと何かを求めていた。ジゼルはこの現象を、知識としては理解している。

——欲求不満。簡単に言うと、そういうことだ。

はしたないことだと理解はしている。けれど——。

(別に、悪いことでは、ないわよね……)

そう、これはただ、本能を鎮《しず》めるためのもの。

悪いことでは、ない。

そう心の中で無理やり納得させたジゼルは、横向きに寝たまま、寝間着の裾から手を服の中にそっと差し入れた。体の上のほうに手を這わせていき、たわわな果実の中心で疼く蕾に、おそるおそる触れる。指先でつん、と押してみるとむず痒い刺激を感じ、心はもっともっと、とより強い快楽へと誘惑してくる。

今度は、少し強めに押し込んでみた。次いで、少し硬くなったそこを指で挟んでねじると、じんわりとした感覚が腰に響き、無意識に揺らめく。

「……んっ……」

少しずつ気持ちよい感覚が芽生えてくる。だがレオナルドによって刻まれたそれには到底及ばず、ジゼルはもどかしさに足をこすり合わせた。

（ここじゃ、ない……）

ついに耐えきれなくなり、おもむろに手を秘処へと伸ばす。ドロワーズの中に手を滑り込ませ、レオナルドがしていたように敏感な蕾をそっと指で押し潰すと、先ほどのものよりもはっきりとした快感が腰に走り息を震わせた。

——けれど。

（違う……何かが……）

眉を切なく寄せ、口から甘い息を吐き出す。目を瞑り、自らを快楽の術中に落とした男に想いを馳《は》せた。

「……ぁっ、あぁ……レオ……」

「なぁに？」

「——ひっ!?」

聞こえるはずのない声に思わず叫びそうになったジゼルの口を、何かがさっと覆う。

いつの間にか、横向きに寝て自らを慰めているジゼルの後ろに誰かが横になっていた。

ジゼルの体をすっぽりと覆い、手でジゼルの口を塞いでいる。

（……ど、どうして？　え？）

あり得ないはずの現状に混乱し、頭が働かない。

しかし、ジゼルの混乱などまったく気にしていない様子のその人物は、ジゼルの耳元へ口を寄せて低く甘やかに囁く。

「大きい声を出したらいけないよ。わかった？」

「……」

こくこくと人形のように数度縦に頷くと、侵入者の手がジゼルの口からゆっくりと離れた。ぎしりと軋《きし》む首をぎこちなく後ろにねじって、その姿を視界に入れる。

暗闇の中、月の光を反射して、一対の蒼い光が昏く輝く。

「ど、どう、して……」

「君が僕の名前を呼んだから。愛する人の声を無視するなんて、とてもではないけど僕にはできない」

「……え？」

「けれどまさか、一人でお楽しみ中だったとはねぇ……」

その人物――レオナルドは、未だ秘処にあるジゼルの手を、ドロワーズ越しに上から撫でた。ジゼルの耳裏に鼻をこすりつけ、すうぅ、と深く息を吸う。

「ねぇ、ジゼル。自分で触ってみてどうだった？　気持ちよかった？」

「……それ、は……」

「……うん、そうだよね。自分で触るのは初めてだから、少し難しいよね」

ジゼルが自慰行為をするのが初めてだということを、どうして彼は知っているのだろう。

だが、その疑問すら驚きと羞恥で今はかき消されてしまっていた。

「ところで、誰のことを考えて慰めていたの？」

「……い、言いたく、ない……」

レオナルドの手がドロワーズの中にまで入り込み、ジゼルの指の隙間に自らの指を交差させた。その指は疼く蕾をゆっくりと、しかし強い力で、粘着質に何度もこすっていく。

ジゼルの秘処は先ほどの自慰と今の刺激とで、しとどに蜜をしたたらせた。ぐちぐちと音が鳴り、それに伴って息も荒くなっていく。

「……ふ、んっ……」

「もう一度聞くよ？　誰のことを考えて、ここをこんなに濡らしているの？　……あぁ、もうぐっしょりだね。……本当に、どうしようもなく……可愛い」

「や、やだ……ぁっ」

「……強情だね。でもね、もうわかってるんだよ？　だってほら……僕の指に、自分からこすりつけてきているじゃないか」

そのレオナルドの言葉どおり、ジゼルは無意識のうちにレオナルドの動きに合わせて腰を揺らめかせていた。

体が熱くなるような恥ずかしさと与えられる快楽の狭間で、ジゼルは揺れる。

「ほら、ジゼル。自分で言うんだ。誰を思い出しながら、こんないやらしいことをしていたのかを」

その厳しくも甘く響く指示に、ゆっくりと口が開いていく。

「っ……レオの……こと、んっ！」

「……ふふっ、よく言えました。……そうだよ。僕以外の男のことを考えたりなんかしたら……絶対にいけないからね？」

レオナルドは長い指を蕩けきった蜜壷の中に挿入すると、じわじわと快感を引き出すように、きわめてゆっくりと指を往復させる。

その間、彼の舌はジゼルの耳を余すところなく舐め、その歯で耳たぶを優しく噛んだ。生暖かい息が、濡れた耳をじんわりと熱くさせていく。

隣の部屋には今、弟のラファが寝ている。恥ずかしい声が絶対に聞こえないよう、ジゼルは自らの手で口元を押さえた。苦しさで鼻息がいっそう荒くなる。

「はぁ……ジゼルもようやく、いやらしくなってきたね。可愛すぎて、おかしくなってしまいそうだ。……檻に入れて、鎖で繋いで閉じ込めておきたい……僕がいないと生きていけないなんて、素敵だよね……」

レオナルドはジゼルの蕾を弄りながらも下穿きを寛げて屹立を取り出すと、ジゼルのドロワーズを膝辺りまでずり下ろした。秘裂に沿うようにして、後ろから昂りを宛てがう。

ジゼルの心の中では、貞操《ていそう》の危機への恐怖と快楽への好奇心が一瞬葛藤《かっとう》した。――が、すぐに前者が勝つ。ハッと我に返り、腕を後ろに回して、レオナルドの腰を遠ざけようと力を込めた。

「……だ、だめっ、最後まではしないって……！」

「うん、まだ挿《い》れないから大丈夫。安心していいよ」

「それなら、これ……！」

「少しだけでいいから、君を感じさせて？　ね、お願い」

「そ、ん……っ！」

レオナルドは、ジゼルが溢れさせた蜜を自身に塗り込めつつ、緩急をつけて割れ目を往復した。屹立の先の張り出したところが快楽に弱い蕾を刺激しては、ジゼルに快感を注いでいく。

ジゼルは体を痙攣させ、徐々に背を反らしては気持ちよさから知らず知らず逃がれようとしていた。しかしそれを、レオナルドの両腕が蛇のように巻きついて拘束する。

「あっ、やぁっ……んっ」

「はぁ……ジゼル、君のここ、熱くて、ぬるぬるしていて……すごく、気持ちいいよ……でも、声は抑えないと、ね？」

レオナルドは再びジゼルの口に己の手で蓋をすると、その口の中に指を数本突き込んだ。腰の速度を速めれば、ずちゅ、ずちゅ、と卑猥な音がひっきりなしに鳴る。

挿入こそされていないものの、これはまるで擬似的な性行為だ。否が応でも、かつてない悦びを感じてしまう。秘裂をこすられるたびに気持ちよさで背筋がぞくぞくとして、頭の中が朦朧としていく。

（どう、しよう……これ、気持ち、いい……っ）

本当は、この感覚をずっと待ちわびていた。こうして淫らに触ってほしいと思ってしまっていた。ジゼルは目を虚ろにさせながら、自分でも気づかないうちに、その快感を喜んで享受していた。

「っ、はっ、あ……ふ……っ」

「……っ、好き、大好きだよ、ジゼル……っ！」

（好き……？　好きって、どんな感情なの……？　彼のことを考えてしまうのは、好きということなの……？　私、私は……）

気がついたら、ジゼルの心の中にはいつも一人の男がいた。

彼を想うと、胸が高鳴った。日常にあった小さな出来事を話したいと思った。

レミーに感じていたあの穏やかな感情とは少し違う、苦しみと幸福を混ぜたようなこの感情は、恋と呼ぶものなのだろうか。

「はぁ……っ、ジゼル……！」

「……あっ、ふぁ……っ！」

レオナルドがこらえるような吐息と共に白濁を放ったとき、ジゼルも彼と一緒に視界を白くさせた。そのまま気怠い体と意識を放り、深く深く、寝台へと沈み込んだ。

翌朝、ジゼルは陽の光を感じて目を覚ました。どうしてかずいぶんと体がすっきりしている。寝起きだというのに、意識はしゃきっと冴え渡っている。

（あれ……私、昨日……）

すぐに昨日の破廉恥《はれんち》な行為を思い出し、頬を熱くさせ――一瞬の後にハッと気がついて、急いで自分の体を確認した。しかし、何事もなかったかのように寝間着も寝台も汚れなどなく、いつもどおり白く綺麗なままだった。

不遜《ふそん》な侵入者が――レオナルドが、ここでジゼルに触れて乱れさせたとは思えない状況だ。

（え？　あれは……もしかして、夢？　あぁ……だとしたら、私、なんという夢を……）

あれが現実ではないのならば、つまりは欲求不満だったあまりに見た、淫らな夢なのだろう。こんなことは初めてだったが、そうとしか言いようがない。

ジゼルは衝動的に枕に顔を埋めると、恥ずかしさを吹き飛ばすように少しだけ叫んだ。足は勝手に暴れてしまい、バタバタとシーツを蹴り飛ばす。

窓の外では、木にとまっていた一羽の小鳥がそれをじっと見つめている。その瞳は太陽の光を浴びて、蒼く輝いていた。

ジゼルがあの淫らな夢を見て羞恥に打ち震えたこの日は、奇《く》しくも休日、レオナルドとの逢瀬《おうせ》の日だった。

あんな夢を見たあとでレオナルドに会うのは非常に気まずかったが、もちろんあのことは、彼は知らないこと。ジゼルは、夢のことはできるだけ頭の隅に追いやって気にしないようにした。

今日は、年に一度の豊穣祭の日。エシュガルド王国全土では、各地で盛大な祭りが行われている。

『ねぇ、ジゼル。豊穣祭の日は、僕と一緒に祭りに参加しないかい？』

そうレオナルドから言われたのは、二週間ほど前に会ったときのことだ。

『豊穣祭に？』

『そう。君は参加したことないだろう？　ラルスクで行われる祭りは国内でも屈指のものでね。ぜひ、君と参加したいんだ』

ラルスクとは、王都から街道沿いにレーベンルート辺境伯領に向かうと、領地に入る直前にある大きな街のことだ。辺境伯邸からは馬車で約一時間半というところ。行けない距離ではない。

『いいけれど……でも、私たちが行って大丈夫なの？』

豊穣祭に参加する者は、平民が多いはずだ。そんな中に、貴族――しかも王子が混じって大丈夫なのか、という意味を込めて問うと、レオナルドは安心させるように朗らかに笑った。

『お忍びで行けば大丈夫。何も気にすることはないよ』

そう自信ありげに言われたから、ジゼルは彼を信じてその提案を了承した。

そのころには、レオナルドと共に過ごす時間がとても楽しいものだ、とジゼルは感じていた。休日のたびに彼と会い、平日は文通をする。観劇をはじめとして、歌や武芸の鑑賞、ときには二人で思うがままに絵を描いたりもした。

レオナルドからは、今までジゼルが興味を持たなかったせいで経験してこなかったたくさんの物事を教えてもらった。また、最近の彼の態度はきわめて紳士的で、同時に女心を揺さぶるように甘いものでもある。

ジゼルの心の中で、レオナルドという男の存在が占める割合はとても大きなものに変化している。あんな夢まで見てしまっていることからも、彼のことを異性として意識しているのはもう疑いようがなかった。

『また九時ぐらいに迎えに行くから、君は家で待っていてくれ』

『そんな、迎えに来なくてもいいわよ。だってラルスクなら、貴方は一度通り過ぎてしまうわ』

『かまわないよ』

『でも』

『迎えに行きたいんだ。……君と馬車で過ごす時間も、僕にとってはかけがえのないものだから』

レオナルドはジゼルを見つめながら今にも蕩けてしまいそうな顔でへにゃりと微笑む。

ジゼルはその顔を、少しの恥ずかしさと共に感じる嬉しさから、頬を熱くさせて見つめていた。

豊穣祭当日。

ジゼルは町娘が着る簡素な、しかしある程度洒落たワンピースを身につけてレオナルドを出迎えた。馬車で迎えに来てくれたレオナルドも簡素なチュニックにゆったりとした下穿きを穿き、平民が被るようなベレー帽を被ってジゼルと同じように変装している。

ジゼルはオーガスト博士と会うときも似たような格好をしているため、平民に紛れられている自信がある。だがレオナルドは洗練された立ち振る舞いや美しい容姿から、気品を隠すことなどまるでできていない。明らかに、高位貴族のお忍びということが丸わかりだった。

行きの馬車の中では、レオナルドから豊穣祭について詳しく話を聞いた。

エシュガルドの豊穣祭では、とある伝統行事が必ず行われるらしい。

祭りの会場にはいくつかの台座が設置されており、参加者は台座を回ってそこに置いてある木片をひとつずつ取っていく。すべての台座から取ってきた木片を組み合わせると、何らかの形になる。組み上がったものは、祭り会場で糊で固定してもらえて土産として持ち帰ることができる。

この行事は、エシュガルドを建国した初代の王が国内の各地を巡って、魔法の力を使い作物を実らせたことを起源としているらしい。ラルスクの豊穣祭でもそれはもちろん行われており、七つの台座が設置されているのだとか。

ジゼルたちは街の少し手前で馬車を降り、すでにたくさんの人で溢れた街道を歩いて街へと向かう。

「……すごいわ……」

ラルスクの街は普段から賑やかだが、今日はその比ではなかった。街なかは人でごった返し、先に進みたくともなかなか進めない。

どこからか勝手気ままな音楽が聞こえてきて、ジゼルは首を伸ばして周囲を観察してみた。少し開けた場所に、リュートや横笛、打楽器で演奏する者たちがいる。その旋律に合わせて、何人もの人が自由に、楽しそうに踊っていた。

かと思えば、道の端ではしゃがみこんで赤ら顔で酒を飲む者たちや、卓上遊技に興じる者たちがいる。子供たちは追いかけっこをして、可愛らしい声と笑顔を振りまいている。皆、思い思いに祭りを楽しんでいる様子だった。

――自由。まさに、その言葉そのものの光景だと感じた。

世間の行事に興味がなかったジゼルはもちろん豊穣祭に来たことなどなく、またここまで人混みに混じった経験もなかった。初めて見るそれらの光景にいちいち驚き、圧倒されてしまっていた。

ふと隣を見上げると、レオナルドは目を細めて楽しそうにその光景を見やっている。

「豊穣祭って、こんなにも人が集まるものなのね……」

「そうだね。どこの街も人出はすごいよ。けれど、ここの豊穣祭はその中でも特別かな」

「そうなのね……お祭りってあまり参加したことがなかったから知らなかったわ……」

「そうだよね。……あぁでも、王都で行われる建国祭のほうがさらにすごいよ。あちらは国外からも結構人が集まるから」

「へ、へぇ……」

きょろきょろと周りを見回しながら歩いていると、不意に前から歩いてきている男性の肩にぶつかりそうになって、ジゼルは体を縮こまらせた。そのとき。

「——おっと」

そのジゼルの肩を、隣のレオナルドがさっと抱き寄せてくれる。

「混んでいて危ないから、手を繋いでおこうか」

「——っ」

レオナルドは人混みで埋もれそうになるジゼルの手を取ると、その指に自らの指をするりと絡めた。指の間に長い指が入り込みしっかりと、しかし優しく握られる。

最近はこうして触れられていなかったため、久しぶりに訪れた人肌に、思わず鳥肌が立つほどに胸が高鳴ってしまった。驚きで、つい反射的に手を引こうとしてしまう。

けれど、レオナルドはその手を絶対に放さない。幼い子供のようににっこりとくったくなく笑った。

「迷子になったらいけないから。ね？」

まるで兄のような言い方に、ジゼルは顔を顰めてレオナルドの目を下から睨んだ。

確かに、彼にはジゼルが今まで知らなかったさまざまなことを経験させてもらっている。それは生き物一色だったジゼルの心を豊かしてくれていたし、とても有り難いことだ。だが同時に、ジゼルの経験のなさからくる『人』としての劣等感を少しだけ燻らせる。

「……何よ、年上みたいに。私たち、同い年じゃない」

「人生経験という点においては、僕のほうが遥かに上だと思うけれど」

「……」

確かに、レオナルドのその言い分は否定できない。

ただ、そう言っている間にも人混みはますます増していく。ジゼルは仕方なくレオナルドの手に先導を委ねることにして、唇を尖らせながら台座を探すために彼と並んで歩き出した。

「あ、見つけたわ！　あれじゃないかしら！」

「そうだね、ふたつ目だ」

石でできた大きな台座には、棺ほどの大きさの木箱が載っている。凝った彫刻が施されたその中には、片手でおさまるくらいの木片が山盛りになるほど詰め込まれていた。

ゆったりと歩くレオナルドを引きずって、ジゼルは台座まで駆け寄った。中の木片をひとつ取り、先ほど見つけたひとつ目の木片と共に目の前に掲げてみる。

それは立体的な合わせ絵《パズル》で、どのような形になるのか、まだふたつの木片からは見当もつかなかった。

「……んー……まだ全然わからないわ……」

「昨年までは平面だったから、わりとすぐに予想できたんだけど……今年は気合いが入っているね。作るのも大変だっただろうに」

レオナルドもふたつ目の木片をくるくると回転させて合わせようと試みるが、すぐに諦めて肩を竦めた。

「もう少し木片を集めないと難しそうだね」

「そうね。……よし、じゃあほかも早く巡りましょう！」

ジゼルは残り五つの台座を巡るために、自然とレオナルドの手を取って引っ張っていく。思っていたよりも、ジゼルは合わせ絵を完成させることに夢中になっていた。

レオナルドはそんなジゼルに手を引かれながら、嬉しそうにへにゃりと顔を綻ばせた。

台座を巡って木片を四つまで手に入れたとき、立体の合わせ絵はその姿を現してきた。

「これ、蛇かしら？」

「……そうだね」

それはまだ半分ほど欠けているのではっきりとはしないが、縦長の何かに一匹の蛇が巻きついているような形に、ジゼルには見えた。

蛇は、エシュガルド王家の象徴だ。

遥か昔の、領土を巡って鎬《しのぎ》を削《けず》る戦乱の時代。エシュガルドの初代の王が、魔法を使って大蛇に変身して、攻めてくる敵国を蹴《け》散《ち》らしたという逸話がこの国で語り継がれている。だからエシュガルド王家の紋章には蛇が描かれているし、この国では幸運を司《つかさど》る動物として国民たちから大切にあつかわれている。

その後七つ目の木片を得て、ようやく彫刻は全貌を見せてくれた。

祈りを捧げるように手を胸の前で組み合わせている裸体の女性に、巨大な大蛇が巻きついていて、大蛇はまるで眠るように女性の頭の上にそっと己の頭を預けている。

おそらく、恩恵や赦《ゆる》し、繁栄といった、豊穣祭の土産としてふさわしい意味を込めて作られたのだろう。

レオナルドは完成した彫刻をするりと撫でた。どうしてか、その手つきが今はなまめかしく感じる。

「これ……なんだか、いやらしく見えるね」

「……な、何を言っているの。これは芸術品よ。そういうことを言ったらいけないわ」

「どうして？」

「だって……」

そのまま、口を噤む。いけない、とは言ったものの、実はジゼルもレオナルドと同じ感想を抱いてしまっていたから。

レミーというトカゲに変身していた影響なのか、レオナルドからは、たまに爬虫類のような雰囲気を感じることがある。どこが、と聞かれても上手く言い表せられないものの、彼の執着心はまるで蛇のように巻きついたら絶対に離れそうもないな、と。

どうしても、その彫刻がジゼルの頭の中で自分とレオナルドの姿に重なってしまう。まるで、大蛇に変身したレオナルドに全裸の自分が巻きつかれているかのよう。それを想像して火照ってしまった顔を隠すために、ジゼルは唇を引き結んで顔を俯かせた。

(……何を想像しているのよ。これは、ただの蛇よ。彼とは関係ないわ)

そんなとき、ジゼルの脳裏には唐突に今朝の淫夢のことが甦ってしまった。

(あぁっ!? 私の馬鹿！ あれは思い出したらいけないのに！)

先ほどよりいっそう顔が熱くなってきてしまい、恥ずかしさを隠すため、思わず片手で口元を覆い隠した。

隣に立つレオナルドはその長身をゆっくりと屈《かが》めて、ジゼルの顔を覗き込む。さらり、と黄金の髪が彼の頬にかかる。

「ねぇ、僕さ、蛇にも変身できるよ？」

「……だから、なんなのよ」

「ふふ、別に？」

レオナルドはにんまりと目を細める。

その後もにやけ面を続ける彼に、ジゼルは徐々に羞恥心と共に腹立ちも覚えてきた。衝動的に、彼の背中を思いきり引っ叩く。ぱしん、と乾いた音が鳴り、レオナルドの肩が空に向かってぴょんと跳ねた。

「馬鹿！　その顔、すっごく嫌！」

ジゼルはレオナルドに背を向けた。頬をふくらませて祭りの中心地に向かって歩き出す。

「ご、ごめんよ、ジゼル……！　ちょっと調子乗りすぎた……！」

レオナルドは眉を下げて謝り倒しながらも、しかしどこか嬉しそうに笑って、ジゼルのあとを小走りで追いかけた。

陽が西に沈みかかり、影が長くなり始めたころ。ジゼルとレオナルドは、軽食を買って小腹を満たしていた。

ジゼルたちが今食べているのは、平民の間では一般的な『ムゲ』と呼ばれている料理。これは小麦粉を焼いた薄い生地に、濃い味つけの肉や野菜が挟まれているものだった。

ジゼルたちはそれぞれ違う味つけのものを頼んでいる。道端の木箱に腰掛けて、まだ熱いそれらを少しずつ食べ進めていく。

空を甘ったるい茜色に滲ませる西陽が、ジゼルたちの真横から照らしてきている。その反対側には、二人分の影がひとつに重なって闇になっていた。

静かにムゲを食べていたレオナルドが、不意にジゼルへと視線を向けた。

「そっち、美味しい？」

「うん、とても。……食べる？」

首を傾げて問うと、レオナルドは純真な幼子のようにこくりと頷く。その口元に、ジゼルは自分が持っているムゲを持っていった。

それは何も考えずに行った自然な動作で、気がついたら自分の食べかけを彼に差し出していた。まるで、かつてレミーに山羊の乳をあげたときのように。

あっ、と思ったときには、どこか惚《ほう》けた様子のレオナルドがジゼルのムゲを齧《かじ》っているところだった。彼の顎がゆっくりと味わうように数度動いたあと、こくり、と男らしい喉《のど》仏《ぼとけ》が動く。

こんな状況とはいえ、王族に対して失礼だっただろうか、ともわずかに思う。けれどどうしてか、彼に対してはもうあまり遠慮の気持ちは芽生えてこなかった。

それよりも、今は同じ食べ物を共有してしまった恥ずかしさのほうが強くて、ジゼルは彼の顔から少しだけ目を逸らした。

「……ど、どう、美味しい？」

「……」

しかしレオナルドは、何も反応しない。

「あ、あれ、気に入らなかった？　じゃあそっちも食べさせ——あら？」

ぽたっ、と水滴が落ちた音がして、ジゼルは音が聞こえたほう——自分たちが座っている木箱に目を向けた。そこにはひとしずくの水滴が落ちてきていて、色が濃く変わっている。雨が降ってきたのかと思って、空を見ようと顔を上げてみて——。

「……え……？」

途中で、レオナルドが涙を流していたことに気がついた。

しゃくりあげることもなく、ただただ蒼い瞳から静かに涙が流れ落ち、なだらかな線を描く白い頬を伝っていく。どんなに平民に紛れようとしてもなお美しいその容姿は、まるで精巧《せいこう》な彫刻のよう。生来の気品を隠せていない。

その美貌に流れる一対の雫から、ジゼルは目が離せなかった。ドクンと胸が跳ね飛び、強く掴まれたように、苦しくて痛い。

ジゼルがただその顔を見ていると、レオナルドは眉根を寄せて、涙を流しながらも無理に笑った。悲哀と幸福を混ぜた歪《いびつ》な笑みに、思わず息を呑む。夕焼けに照らされた橙色の涙が彼の顎からひとしずく、また木箱へとしたたり落ちる。

「……十年前から、ずっと……ずっと、夢を見ていた。君とこうやって他愛もない話をして、一緒のものを食べて、ふざけ合って、手を繋げたら、と……」

「……」

「もっと早くに、君に正体を明かしていれば……僕たちは、こんなにこじれなかったかもしれない。……けれど、怖かったんだ。親友という、君とのかけがえのない関係が壊れてしまうのが……すごく、怖かったんだ……」

レオナルドは変わらず涙を流し続けながら、木箱の上に手の中のものを置いた。ジゼルの片手を取り、その手の甲に震えながら口付ける。

彼が瞳を上げると、黄金色のまつ毛に涙が乗って、キラキラと夕陽を反射していた。

「……ジゼル。十年もの間、親友でいてくれてありがとう。それなのに、正体を隠していてごめん。騙していて本当に……本当にすまなかった。……でも僕は、君のことを誰よりも、何よりも愛しているんだ。……だから、お願いだ。僕と結婚してくれ。絶対に不自由はさせないし、一生幸せにする。約束するから」

「……レ、オ……」

「僕と夫婦になって、頼むよ。……君と一緒でない世界なんて、君がほかの男と共にいる世界なんて、残酷すぎる。そんな世界、僕はきっと……きっと、死んでしまう……」

切なさに震え、涙でこもったその声に。ジゼルの心の砦が、ガラガラと音を立てて陥落した気がした。

(貴方の涙は……とても、綺麗ね。まるで、空が泣いているようだわ)

思い出すのは、身勝手にジゼルを組み敷き、後悔で涙していた、かつての彼。

あのときも、彼は自分の心に振り回されてぽろぽろと涙を流していた。まるで幼い子供のようなその残酷なまでの純粋さに、あのようなことをされたというのに、ジゼルは――心を揺さぶられてしまった。

ジゼルはひとつ息をつき、手の中のものをそっと木箱の上へと置く。ゆっくりとした動作で目の前で涙する顔に両手を伸ばした。

（貴方が泣いていると……どうしてか、私の胸が切なくなるの）

意識的に自分から彼に触れにいったのは初めてのことで、あまりの緊張から来る鼓動の激しさに、胸がはち切れてしまいそうに感じる。

（貴方が涙を流すのは、私の前でだけであってほしいと思う。……この気持ちの、名前は……）

指先が、涙に触れる。その温かな雫をそっと拭い、そのまま彼の髪に滑らせる。手触りのいい柔らかな髪に触れながら、やんわりと労《いたわ》りを込めて、その頭を抱き締めた。

腕の中で、レオナルドは甘える猫のように――かつてのレミーのように、頭をこすりつけてくる。

ジゼルも、抱き締めた頭に自らの頬をこすりつけた。彼からは、神秘的でいながらもどこかほっとするような、不思議な香りがする。

「……次の休日も、会える？」

「……あぁ……」

「それなら、私の家に来て。一緒に、お父様に話をしに行きましょう。……私たちの……結婚の、話を」

そう言った途端、ジゼルの背中にレオナルドの両腕が回り、きつくきつく、抱き締められた。その抱擁はかつてないほど強いもので、まるで彼の想いそのもののよう。

「……ジゼル……っ！　……ありがとう……！」

レオナルドは必死にジゼルの体に縋りつき、ただ感謝の言葉を繰り返す。彼が少し落ち着いて顔を上げたとき、その鼻の頭と目元を赤らめて涙でぐちゃぐちゃになった顔に、ジゼルはひそやかに唇を寄せた。

「……私ね、今はまだ、この気持ちが愛と呼べるものなのかはわからない。けれど……貴方と一緒にこれからの時を過ごしてみたいと……そう、思うわ」

「っ……！」

「……レオのこと、私も……好き、よ」

目を瞑り、最後のほんの少しの距離をぐっと詰める。初めて自分から彼の唇へと――触れた。

強張ったそこは涙で少し塩辛く、しかし不思議と仄《ほの》かな甘みも感じて、このまましばらく味わっていたいと思った。

第九章　二人の父親

ジゼルがレオナルドの求婚を受け入れてから、あっという間に次の休日が来た。

その日辺境伯邸の前には、王家の紋章が入ったお忍び用ではない豪華な馬車が停められている。

応接室の扉の傍では、護衛騎士を二人連れたレオナルドが、ソファに座る辺境伯に向かって深々と頭を下げていた。レオナルドは立ったまま長々と礼をしたあと、ゆっくりと頭を上げる。顔にかかる黄金の髪の隙間から、いつもの無表情を崩さない灰色の瞳の偉丈夫を強く見据えた。

「辺境伯。手紙で書いたとおりだが……ジゼルとの結婚の許可を、どうか、貴方からいただきたい」

今、ジゼルはこの部屋にはいない。辺境伯から「今日は席を外すように」と指示されたからだ。男二人で話すことがあるから、と。

本来ならば、第二王子であるレオナルドが立ち、その臣下である辺境伯が悠々と座っているなどあり得ないことだ。しかし今、二人の関係は王族と臣下というものではない。

片や、愛する女との結婚の許可を得るために来た一人の男。もう片方は、本当にこの男に大事な娘を預けてもいいのか、と見極める父親。もちろんそれを示し合わせたわけではない。しかしレオナルドは自然とそう意識していたし、どうやら辺境伯も同じようだった。

辺境伯は一度息をついて立ち上がると、自らの対面の席を手のひらで指し示した。

「どうぞ、おかけください」

「……ああ。失礼する」

レオナルドは言われたとおり、辺境伯の対面に腰掛けた。厳しげな容姿をした辺境伯邸の侍女長――エマが、芳しい香りを立たせている紅茶を淹れて静かに下がっていく。

時を刻む音だけがやたらと大きく部屋に響く。レオナルドが緊張から紅茶に手をつけることができず静かにローテーブルを見つめていると、紅茶をひと口飲んだ辺境伯が小さく息を吸った。

「娘から、すでに話は伺っております。……何度か逢瀬を重ねた結果、正体を黙っていたことは許し、殿下と共に生きていきたいと考えるようになった、と。……あれがいいと言うのなら、私から言うことは何もございません」

「……」

レーベンルート辺境伯は普段から無表情ゆえに、何を考えているのか非常にわかりづらい。初めのころはレオナルドに好意的だと思っていた。だが、ジゼルと辺境伯の三人で食事をした際、彼はレオナルドに対して警戒した様子を見せていたのだ。

　今回はジゼルの気持ちが辺境伯に伝えられているとはいえ、意外にもすんなりと結婚の許可を得られたことに若干拍子抜けする。何か裏があるのではないか、とわずかに不安に思ってその灰色の瞳を窺い見る。

「辺境伯、貴方は……最初からどこか、私に好意的だったように感じていた。その理由を、聞かせてもらいたい」

「……」

「正直、長年ジゼルを騙していた私は、貴方から疎まれていても仕方ないと思っている」

　辺境伯はその厳しげな目を細めて、珍しく悪戯な感情を覗かせた。普段はぴっちりと引き結んでいる口元は、今はわずかに微笑みの形を描いている。

「実を言いますと……私は、レミーの正体に途中から気づいていたのですよ」

「……！」

　その言葉に驚いて、レオナルドは鋭く息を呑んだ。

　しかし、それで合点がいく。辺境伯は、アルフォンスがレオナルドの正体を明かしたとき、ジゼルと違ってあまり動揺していない様子だった。その後も至極冷静にレオナルドの頬を張ったジゼルの無礼を詫び、アルフォンスと話をしていた記憶がある。

「……そう、だったのか……」

「娘と違い、私は世間の情報も、王家の魔法のことも存じ上げておりましたから。知った上で、恐れ多くも殿下の様子を観察させていただいておりました」

「……いつから、レミーの正体に？」

「疑問に思ったのは、あの暗殺未遂事件があったあと。しばらくして娘のもとに姿を見せたときに。もしや、と思ったのですよ」

「……さすが、だな」

まさかそんなにも早くから正体に気づかれていたとは思わず、ただ感嘆の息を吐き出すことしかできなかった。

「仮に、殿下があの姿を利用して娘におかしな真似をしようものなら……たとえ国を敵に回してでも、何を犠牲にしてでも、娘を守らなければ、と思っておりました」

「……」

「しかし、殿下はひたすらトカゲのレミーとして娘の親友に徹していらっしゃった。ですので私は殿下のことを、娘を預けるのに値する男だ、と信頼しております」

辺境伯の言葉に、レオナルドは強く心を打たれた。この厳格な男性に信頼されるということが、とても嬉しく、名誉なことに思えたからだ。

だがそれと同時に、以前思い詰めるあまりにしてしまったジゼルへの無理やりな行為を改めて恥じ、後悔した。

もしあのとき彼女に本当に無体を働いていたとしたら、この父親はなんとしてでもレオナルドに制裁をくわえていただろう。もしかすると、いや、もしかしなくても確実に内乱が起こっていたはずだ。国防を担《にな》う彼には、それほどの力がある。

辺境伯はまた少しからかうような表情を見せた。だがその瞳は、今度は少し剣呑《けんのん》な光を帯びていて、レオナルドは内心冷や汗をかく。

「……しかし、アルフォンス殿下がいらしたとき、娘の胸元に隠れているとわかったときは……この破廉恥なトカゲをどうしてやろうかと思いましたがね」

「……その節は、申し訳なかった……」

今思えばなんという真似をしたのだろう、と以前の自分を恥じて顔を伏せる。

レオナルドも、あのときはまさかの事態に少し混乱してしまっていた。正直、アルフォンスが来るまでにはまだ時間がかかるだろう、と甘く見ていたのだ。

しばらく、なんとも言えない沈黙が二人の間に漂った。

「……殿下の、娘への強い想いは……こちらにも痛いほど伝わってきておりました」

辺境伯の言葉に、レオナルドはおもむろに顔を上げた。辺境伯は遠くを見つめるような、ぼんやりとした視線を何もない宙に投げている。

「しかしあれは頑固な娘ですので、頑なにならずに、殿下の想いを受け止めて咀嚼するには時間が必要だということもわかっておりました。ですが、殿下は私が思っていたよりも余裕がなく、空回りばかりしておられて……ずいぶんとやきもきさせられました」

「……面目ない」

確かに、以前の自分には余裕がなかった。

とにかくジゼルの心を自分に向けさせることに必死で、彼女の心を慮る気遣いが足りなかった。それを面と向かって指摘されて、よりいっそう恥ずかしさが心を占める。レオナルドは項垂《うなだ》れ、後悔のため息をひとつついた。

「……いえ、今がいいなら良いのです。……恋とは、そういうものですから」

カチャリ、とティーカップを置く音が部屋に響いた。

一拍の間を置いて辺境伯は「昔の話です」と前置きをすると、静かに口を開いた。灰色の瞳は遥か遠くを見つめ、柔らかくも、どこか切ない色を浮かばせている。

「私はもともと、平民生まれのただの傭兵でした」

それは、レオナルドも聞いたことがある情報だった。もともとは数年前に亡くなった彼の妻がレーベンルート辺境伯の血筋を受け継ぐ娘だったが、女しか生まれなかったため婿《むこ》を取ったのだ、と。

「私がまだ妻のエレナと出会う前、辺境伯令嬢だった彼女が、ならず者に攫われたことがございまして。そのとき偶然にも現場を通りがかった私が、彼女を助けました。それがきっかけで、私は彼女に見初められました」

この国では、爵位の継承は女にも認められている。だから、女しか後継者のいない貴族であっても、ほかから婿を取り、その者に爵位を継承させるという事例は、認められてはいるもののあまり聞かない。

レーベンルート辺境伯の生い立ちや、爵位を継ぐに至った経緯は、この国でもきわめて稀《まれ》な事例として有名だった。

「貴方の話は、有名だから。私も聞いているよ」

「では、どうやって貴族令嬢の妻が平民の私と結婚したのかは、ご存じで？」

「……？　愛し合った貴方たちが、ご両親を説得したのでは？」

それ以外に思いつかず、レオナルドは首を傾げた。

「最初は、エレナの父……亡き前辺境伯から猛反対にあいました。平民の血を混ぜるなどけしからん、と」

「……」

「しかしエレナは、以前の殿下より強引でしたよ。……何しろ、戸惑い拒絶する私に薬を盛り、無理やり既成事実を作ったほどでしたから」

「――なっ！」

さすがに、その話はレオナルドも初めて聞くものだった。じっと固唾を呑んで、言葉の続きを待つ。

「エレナはひと月の間、私を薬で前後不覚にさせ監禁し、無事子供が……ジゼルができると、その命を盾にして自分の両親に結婚を認めるよう迫りました。未婚の彼女が妊娠してしまった以上、両親たちも結婚を認めざるを得なくなり、私たちは結婚しました」

「……」

その計画は、レオナルドがかつて計画していたものととても似ている。

ぞくりと背筋に冷たい何かが這い上がっていく感覚がした。これを、以前のジゼルも感じていたのだろうか。

「初めはそんな強引な妻に抵抗していた私も、彼女から与えられるものに次第に絆されていきました。ジゼルとラファが生まれてからは、私は幸せの絶頂におりました。……エレナは、戦うことしか能がなかった私に、愛する幸せと愛される喜びを教えてくれました。……だから私は、娘を愛し、信頼できる殿下ならば、それがたとえ重すぎる愛であろうと娘を預けられると思いました」

「……」

「しかし、重すぎる愛は時として悲劇を生む。エレナと私も、その紙一重の中でたまたま幸せを掴めただけ。……ですので、殿下の様子は注意深く観察させていただいておりました」

「……辺境伯……」

「これからは、どうか義父《ちち》と。……娘を頼みます」

その言葉にレオナルドは勢いよく席を立つと、辺境伯の足元に片膝をつき、頭を下げた。

これは、この国で誓いをするときに行う行動だった。

「私が、ジゼルのことを必ず幸せにします。あらゆることから守ると誓います。……ありがとうございます、義父上」

レオナルドが立ち上がると、目の前の辺境伯も微笑みを浮かべて立ち上がり、親子として固い握手を交わし合う。自分よりも大きな逞しい手から、『信頼』という熱く優しい感情が流れ込んでくるような気がする。

これから先ジゼルがその生を終えるまで、二度と彼女を悲しみで泣かせるようなことなどしない。レオナルドは固く心に誓った。

不意に辺境伯がレオナルドと握手を交わしたまま、ふっと軽く笑った。

「……あぁ、伝え忘れておりましたが……。殿下の試練は、まだひとつだけ残っております」

「……試練？」

「さようでございます。我が家には、娘のことが大好きな、小さなもう一人の父親がおりますので」

レオナルドは、辺境伯が言うその小さな父親の姿を頭に思い浮かべた。ジゼルとはあまり似ていない、辺境伯とそっくりな気難しそうな表情。その灰色の瞳にレオナルドに対する敵対心をあらわにしている、ふたつ年下の少年のことを。

「ラファ君にも、これから説明する予定だ。ジゼルも、彼に祝福してもらいたいはずだから」

「あれも娘と似て結構頑固ですので、苦労するかもしれません。……ですが、時間が解決することもございます。何事も焦《あせ》らず、ゆっくりと進めていけばよろしいかと」

「……ありがとう」

「では、殿下。試練を乗り越える覚悟はよろしいですか？」

「……あぁ」

辺境伯は側に控えている侍従に息子ラファを呼ぶように指示をする。

レオナルドは試練に向けて、すっと深く息を吸った。

＊＊＊

辺境伯とレオナルドが応接室で話しているころ。弟の自室に訪れたジゼルは、忌々しそうに顔を歪めて横を向き腕を組んでいるラファの対面に座って、静かに弟を見つめていた。

「僕は、認めません。絶っ対に認めませんから」

「ラファ。……殿下は貴方が思うような人ではないわ。話せば、きっとわかる」

ラファは額に青筋を浮かべ怒りをあらわにして、ローテーブルにバンっと両手を強く叩きつけた。

「十年ですよ⁉　十年間も姉様を騙していたのに！　どうしてそんな簡単に絆されて……はっ！　まさか、何か弱みでも握られているのですか⁉」

ラファはさらに顔を険しくさせる。そんな弟の様子に、ジゼルは口元に笑みを浮かべた。

ラファはとても聡い子だ。しかし昔から、ジゼルに関することになると頭が働かなくなることがある。

(こういうところが、少し、彼と似ているかもしれないわね)

ジゼルはラファの手に自らの手を重ねると、弟の目を柔らかく見つめる。どうかこの気持ちが伝わってほしい、という思いを込めて。

「違うわ。私はレオナルド殿下としっかりと向き合って、たくさん話し合ってこの決断をしたの。これは、紛れもない私の本心よ」

「けれど、あんな……」

「……ねぇ、ラファ。私は貴方にも祝福してもらいたいわ。私の、唯一の弟だもの」

それに対してラファが口を開きかけたとき、控えめなノック音が部屋に響いた。

途端にラファは苦虫を嚙み潰したように眉を顰めさせる。

「どうやらお呼びのようですね。……いいでしょう。話を聞いてやろうではないですか」

そう言い捨てて、ラファは足音荒く自室を出ていく。残されたジゼルは、不安な心を抱えたまま眉を下げてただ扉を見つめていた。

＊＊＊

応接室の扉がまるで殴るような勢いで強く激しくノックされ、中の者の返事を待たず乱暴に開かれた。入ってきたのは、次期辺境伯である、ラファ・レーベンルート。

部屋に入って早々怒りの対象であるレオナルドを見つけたラファは、灰色の目を鋭く細めて睨みつけた。

ソファに座る辺境伯は手を額に置くと、項垂れて深くため息をついた。娘に続いて息子まで王族に対して無礼な態度を取っていることに対する恥からだろう。

自分の子供たちは、揃いも揃って怒りの感情を抑えるということがまるでできていない、と。

「これはこれはレオナルド殿下。このたびは、ご機嫌麗しゅうございます」

次期辺境伯の慇懃無礼《いんぎんぶれい》な挨拶に、レオナルドは立ち上がって丁寧に頭を下げた。

「やぁ、ラファ君。ご機嫌よう。……今日は、君にも報告があってお邪魔しているよ」

「詐欺師の言葉など聞く価値はないと思いますが」

「ラファ。弁《わきま》えなさい」

「……ふん」

ラファは辺境伯からの小言すらも怒りの形相で跳ね除ける。レオナルドの斜め前にがさつな動作で腰を下ろした。

拒絶しながらも、一応聞く耳は持ってくれるらしい。レオナルドはほんの少しだけ安堵し、詰めていた息を吐いた。

「詐欺師、か。そう呼ばれても仕方がないね。確かに私は、君たちを騙していたわけだから。……けれど、ジゼルからすでに話は聞いているだろう。私は、君の姉君と結婚する。

悪いが、これは絶対に譲れないことだ」

「……譲れないですって？　はっ。馬鹿にするのも大概にしてください。弱ったトカゲの姿で純粋な姉様をたぶらかして、心を掌握して結婚にこぎつけた。この国の王子とは、ずいぶんと汚い手を使うのですね」

汚い手。ラファはレオナルドの怒りを煽るように言うが、それを言われても腹は立たない。狡《ずる》くとも汚くとも、どんな手段を使ってでもジゼルの心を手に入れると決めているのだから。

「ラファ、お前にも事情は話しただろう。あのとき、殿下は本当に危うい状態にあった。ジゼルとも、長い期間を通して話し合った。これは、私も認めたことだ」

辺境伯は言動を改めない息子を諫めるが、怒り心頭のラファはまったく譲る気がない。

「……父様をどう言い包めたのかは知りませんが、私は騙されませんからね。貴方は十年間も姉様を……この家に住む私たちを騙していた。それに対する謝罪はないのですか」

睨《ね》めつける灰色の若い瞳にしっかりと視線を合わせ、レオナルドは大きく息を吸った。

「そうだな。それに関して、君にはまだ何も言っていなかった。……十年間も騙していて、本当に申し訳ない」

ためらいなど微塵もなく、ふたつ年下のラファにレオナルドは深々と頭を下げた。

王族であるレオナルドが頭を下げるとは思いもしなかったのか、ラファは驚愕のあまり目を見開いて固まってしまった。それでも決して認めるものかとばかりに、声を絞り出して問う。

「……っ、姉様の、どこがそんなに気に入ったというのですか」

「すべてだ。彼女の生来持つ優しいところ。心が強く、しかし人の弱さもしっかりと感じることができるところ。それからすべてに対して真摯なところ。もちろん、その容姿も素晴らしい。特に、リスのような可愛らしい口元が大好きだ。栗色の髪も柔らかくて素敵だ。小さな爪も思わず口付けたくなるほどに可憐《かれん》だ。声はまるで鳥の囀《さえず》りのように清らかだし、笑顔を見れば心に花が咲くようだ。それから――」

「もう結構です！」

レオナルドの惚気《のろけ》はまだまだ続くはずだったが、嫌気がさした様子の――しかし若干顔を赤くさせている――ラファによって遮られてしまった。

ラファは年相応に不貞腐れたような顔をすると、灰色の目をレオナルドからすっと横に逸らす。

「……姉様は、まだ十九です。成人にもなっていないというのに。それなのに、もうこの家から……私のもとから連れ去ってしまうというのですか」

「……」

小さく囁くようなこの言葉こそ、ラファが一番気にかかっていることであり、腹立たしいことなのだろう。レオナルドは、そう理解した。

ジゼルとラファは仲が良い。

きっと、ラファは姉が自分から離れていくようで寂しいのだろう。

レオナルドは、ジゼルという最愛の人のもう一人の父親にして、これから義弟になる少々頑固な少年のことを、柔らかく慈愛を込めて見つめた。

今はもう焦らない。辺境伯の言うとおり、時間をかけて少しずつラファにも認めていってもらいたいと思う。

「結婚してもジゼルが君の姉であることは何も変わりない。少し遠くなってしまうが、いつでも会える距離だ。……だからどうか認めてくれないだろうか。……彼女のためにも」

ラファはぐっと顔を顰めて勢いよく立ち上がった。決してレオナルドを見ようとしないその瞳は、今は少し潤んでいるように見える。

ラファはそのまま応接室の扉に向けて歩いていき、ふと扉の前で立ち止まると、少しだけ振り返ってレオナルドのことを横目でちらりと見る。

「次、また姉様を傷つけたら……今度こそ絶対に許しませんからね」

レオナルドは彼なりの許しと捉えて、「ありがとう」と小さくも逞しい背中に向かって声をかける。それを聞いたラファは、さっと扉を開けて足早に出ていった。

扉が閉まる直前、ぐず、と鼻を啜《すす》ったような音が小さく聞こえたような気がした。

＊＊＊

ラファが応接室に向かったあと、自室に戻っていたジゼルを侍従が応接室へと連れていく。父の辺境伯が「婚約の発表について話をしたい」ため呼んでいるという侍従の言葉に、ジゼルは胸を高鳴らせていた。

つまり、父親と弟に結婚を認めてもらえたということだ。

緊張しながら応接室の扉を開けレオナルドの姿を認めると、彼はにっこりと微笑みかけてくれた。ジゼルも嬉しさと恥ずかしさが混ざったはにかんだ笑顔を返し、そそくさと辺境伯の隣に腰掛ける。

レオナルドはいつも以上に背筋をぴんと伸ばして、ジゼルたちの顔を順番に見た。

「十日後、父上の……国王陛下の誕生祭があるのは、二人とも知っていると思う」

「えぇ、存じております」

「……」

(知らなかったわ……)

しかしジゼルは、さも知っているふうを装いすまし顔でレオナルドの話の続きを待った。

「急だが、そこで行われる舞踏会で私たちの婚約を発表するつもりでいる」

「舞踏会？　……ま、まさかだけど、もしかして、私も……？」

おそるおそる発したジゼルの質問に対し、レオナルドは微笑みながら頷いた。

その答えを聞いた途端、ジゼルの足元からは、体中のすべての血が抜けていってしまったような気がした。ふるふると何度も頭を横に振って、レオナルドの顔を呆然と見る。

「そんな、む、無理よ……！　だって誕生祭って……人が、たくさん来るのでしょう？」

「あぁ、そうだね。他国からもたんまりと」

「や、やっぱり無理よ、それに急すぎるわ！　私、ダンスも踊れないのに……！」

今度はジゼルの横の辺境伯が、ふう、と呆れたようなため息をついた。

「ジゼル、殿下の婚約発表は国としても重大なものだ。予想はできたことだろう。彼と共に生きていくのなら、覚悟を決めなさい」

「でも、私、そんな……」

父親の無慈悲な言葉に、ジゼルは愕然と肩を落とす。

それを見たレオナルドは辺境伯に視線を向けた。

「実は提案があるんだ。ジゼルの教育を、私にまかせてくれないか？」

「……しかし、殿下もご多忙でしょう」

「未来の花嫁のためになることこそ、何よりも優先すべきこと。それに、私には魔法がある。隼に変身すれば王都とは一時間で移動できるから、何かあっても大丈夫だ」

「……畏まりました。教育とは、どのような？」

「明後日から三日間、こちらに滞在させてほしい。その間に、ジゼルが婚約発表で恥をかかないよう、完璧に仕上げてみせる」

「……三日、ですか」

「あぁ、急拵《きゅうごしら》えだが、三日もあればある程度は形にはなるはずだ」

「……承知いたしました。準備は整えておきましょう」

（そんな、たった三日間で？　本当に大丈夫なの……？）

ジゼルが不安から両手を握り締めて考え込んでいるうちにも、レオナルドと辺境伯の打ち合わせは進んでいく。

「それから、国王陛下並びに王妃殿下へはすでに話を通してあるが、彼らへのジゼルの挨拶も誕生祭の日に行う予定でいる。かまわないだろうか」

「えぇ、お願いします。陛下へは私からも書状を送りますし、誕生祭には私も伺いますので、私からの挨拶は別途させていただきます」

「あぁ、頼む」

レオナルドと辺境伯の間で話はまとまった。

しかしジゼルは、そんな二人を見ながら顔を曇らせる。

（私の社交界デビューが、まさかレオとの婚約発表の場だなんて……本当に大丈夫なの……？　不安だわ……）

ジゼルの心中は穏やかなものではなかったが、時というものは思ったよりも早く過ぎるもの。悶々と過ごしているうちに、気づいたときには、すでにレオナルドとの教育開始の日になってしまっていた。

第十章　それぞれの決意

まだ太陽が東の空の低い場所にある、朝の早い時間。

辺境伯邸の上空、透き通った青に浮かび上がるようにして、人間ほどの大きさがある一羽の隼が、足首に荷物を括りつけながらも力強く羽ばたいていた。大きな翼で強い風を巻き起こしながら、ふわりと地面に降り立つ。途端、その姿を変容させて人の姿――レオナルドへと変わった。

今日から三日間、レオナルドによる、ジゼルへの淑女教育とダンスの練習が始まる。その内容は、午前中に座学、午後に礼儀作法の実技やダンスの練習といったものだった。

ジゼルは半ば強制的にこれに挑むことになってしまったが、その心は未だ不安で占められている。辺境伯からは「自分で選んだ道なのだから、覚悟を決めて精一杯励め」と言われていたが、一度不安に染まった心というものは、なかなかそうすぐには上方修正などできないものだ。

「やぁ、ジゼル。今日から一緒に頑張ろうね」

「……そうね」

「そう暗い顔をしないで。君なら大丈夫だから」

「……うん」

ジゼルはレオナルドを玄関まで迎えに行き、そのまま一緒に自室へと案内した。人間の姿の彼が屋敷を二階まで上がり、さらにジゼルの自室に入るのは初めてのことだったが、違和感はもうまったくない。

今ジゼルの部屋には、レオナルドとの教育に備えて大きな円卓と二脚の椅子が運びこまれている。その傍には配膳用のワゴンが置いてあり、食器類やさまざまな種類の書籍など、教育に際して必要なものが載せられていた。

部屋に着くと、ジゼルは片方の椅子に腰掛け、対面にあるもう片方の椅子をレオナルドに勧めた。彼は荷物の中から持参した何冊かの書籍を取り出してテーブルに広げると、椅子に腰掛ける。

「今回は時間もないし、婚約発表の場を乗り切ればいいだけだから、必要なものだけ行うよ。エシュガルドの歴史、国内貴族の勢力関係図、諸国との関係、礼儀作法、社交術、ダンス……この辺りかな」

「……私に、できるかしら」

「大丈夫だよ、ジゼル。そんなに心配しないで。君は自信がなさそうだけれど、辺境伯令嬢として一応基礎はできているのだから。……まぁ、ダンスに関してはまったく経験がないから、少し大変だとは思うけどね」

「……」

レオナルドは、眉を下げて少し困ったように笑う。

ジゼルはテーブルの上に行儀悪くつっぷすと、思わずため息をこぼしてしまった。

(不安だわ……)

そうした灰色の雰囲気の中、レオナルド直々の淑女教育が始まった。


レオナルドの座学の教育は、終始わかりやすく丁寧なものだった。

ジゼルは、まるで砂が水を吸うようにその内容をすべて覚え込んでいく。

生物学者を目指しているジゼルは、ある程度勉学ができる自負はある。今までは生物方面に関して一直線に向けられていただけで、覚えようと思えば、知識はいくらでも頭の中へと吸い込まれていった。

問題はやはりダンスだった。一日目の午後、辺境伯邸の一階の大広間で行われた練習は、実に散々なものだった。

ジゼルは単純な運動だけならば人並み以上で乗馬もできる。普通の貴族令嬢よりも動ける自信があった。しかし、音楽や人の動きに合わせて動くということに才能があるとはお世辞にも言えなかった。

しかもダンスでは慣れない踵の高い靴を履く。足も痛いし、体の動きは常に覚束《おぼつか》ない。教わったとおりに曲に合わせて体を動かそうとしても、どうも上手くいかない。まるでからくり人形のようにぎこちなく、何度もレオナルドのつま先を踏んでしまう。

ダンスの練習は日暮れまで続けられたが、思うように動けない焦りが心に溢れてきてしまい、余計動けなくなってしまうという悪循環にジゼルは陥っていた。

へとへとに疲れ切ったジゼルは自室のソファにだらしなく寝そべり、今日何度目かになる深いため息をつく。

「……やっぱり無理よ……できる気がしないわ……」

「お疲れ様。最初だからこんなものだよ。まだあと二日あるから、きっと大丈夫」

そうは言いつつも、レオナルドも少々眉を寄せて考え込む様子を見せた。まさかジゼルがここまでダンスが不得意だとは思っていなかったのだろう。その証拠に、彼の表情は言葉と違って明るくない。

「少し練習方法を変えたほうがいいかもしれないね……」

「……」

不安の種を残したまま、一日目の教育は終了した。

二日目、午前中の座学がつつがなく終了したあと、ジゼルたちは一日目と同じように一階の大広間へと来ていた。

「今日の練習では、少し違う方法を取り入れてみよう」

レオナルドの提案に、ジゼルは昨日よりも増した不安の気持ちを抱えながら、彼の顔を見上げた。

「違う方法って？」

「……罰《ばつ》を、取り入れようと思う」

罰。不穏な言葉に、つい体が強張る。

（ま、まさか……鞭《むち》とか持ってきているの？）

そう思ってレオナルドを窺い見るも、そういった類《たぐい》のものを持っているようには見えなかった。

「ば、罰って、どんな……？」

「僕の足を踏むたびに、君から僕に口付けしてくれる？」

「――えぇっ!?」

その思いもよらなかった罰に驚いて、思わず大きな声を出してしまった。

その反応に満足そうな顔をしたレオナルドは、ふふ、と楽しそうに笑む。

「また踏んだら、前のより長く口付けする。いいね？」

「……何よ、それ……」

ジゼルへの罰というよりは、それはまるでレオナルドへのご褒美《ほうび》のよう。ジゼルは勝手に熱くなってきてしまった顔を意識しながらも、レオナルドを上目遣いに睨む。

当のレオナルドは睨まれても気にする様子さえ見せず、にっこりと笑ってジゼルの左手と腰を摑み、ダンスの姿勢に入った。蒼の瞳には、少しだけからかうような色が見える。

「よし、では行くよ。まずは円舞曲《ワルツ》からね」

レオナルドが三拍子を刻み出した。

「……いち、にい、さん。……いち、にい、さん。……いち……」

通常よりもゆっくりと告げられる三拍子の声が、まるで歌のように広間に響く。ジゼルは足元を最大限に意識しながら、レオナルドに連れられてくるくると広間を回る。

ジゼルの動きは、昨日よりは若干なめらかになっていた。上達を実感して、少しだけ胸を撫で下ろす。

——しかしそう気を抜いた矢先、レオナルドのつま先に軽く足を乗せてしまった。おずおずと見上げると、レオナルドはにやりと意地悪く笑っている。

「……えっと、ごめんなさい……」

「大丈夫。痛みはまったくないよ。でも失敗は失敗だから……罰、ね？」

レオナルドはその長身を屈めると、目を瞑ってジゼルの前で口付けを持った。

ジゼルは目の前にある麗しすぎる美貌に、こくりとひとつ息を呑む。

ゆるやかに弧を描く、形のいい眉。

閉じた瞼を彩る、黄金色の長いまつ毛。

高く、すっと通った鼻筋。

薄く、ほんのりと薄紅色に色づいた唇。

ジゼルはその美しさに思わず見惚れ、同時にこの美しい男に自分から口付けをすることが、とても気恥ずかしくなってしまった。豊穣祭のときは、自然とできていたのに。

唇を薄く開いて、彼の唇に近づく。けれど触れる寸前にためらってしまい、少し離れる。それを何度か繰り返す。

その焦らしとも言える行動に耐えきれなくなったのか、レオナルドは催促するように片方の瞼を上げた。

「ほら、早く」

「……わかっているわよ……」

レオナルドは再び両目を瞑る。わずかに微笑んでいる唇にそろりと唇を寄せ、先を、ほんの少しだけ触れさせ——すぐに顔を離して、横を向いてふぅ、と大きく息を吐き出した。

レオナルドはゆっくりと目を開き、不満げに片方の眉毛を跳ね上げる。

「……まさか、これでおしまい？」

「く、口付けはしたわ」

「……」

「さ、さぁ、もう一度練習よ！」

むっつりと黙り込んでいるレオナルドを気にせず、ジゼルはまたダンスの姿勢を取る。

レオナルドも仕方なさそうに、不貞腐れた表情で練習の続きに戻った。

＊＊＊

レオナルドは、再びゆったりとした三拍子を刻んでいた。

罰のおかげなのか、ジゼルの動きは先ほどよりもさらに上達している。足を踏む気配はなく、動きもなめらかだ。本来ならばそれは、非常に喜ばしいことのはずだった。

──けれど。

（あんなの、ずるいよ……ジゼル）

先ほどの小鳥のような可愛らしすぎる口付けで、レオナルドの心と下半身は燃えるように熱くなっていた。

足元に集中し、わずかに開いて前歯を覗かせている可愛らしい唇から、目が離せない。

どうにかして、もう一度ジゼルから口付けをしてもらいたかった。

──そして、閃《ひらめ》いた。

レオナルドはにやけそうになる顔を必死に抑え込みながら、少しずつ三拍子の速度を上げていく。徐々に変えたそれに、足を動かすことに必死なジゼルはまったく気づかない。

「……あっ！」

レオナルドの思惑どおり、再び足の上に軽い体重が乗った。ジゼルは悔《くや》しそうに唇を噛みながらも、謝罪の言葉を呟く。

レオナルドはそれに「かまわないよ」と優しげな上面の言葉を返しながら、自分の思惑の成功ににんまりとした微笑みを浮かべた。

「でも、残念だね。次は、さっきのより長く、だよ？」

「……言われなくたってわかっているわ」

ジゼルはさっきの経験があったからか、今度はすんなりと唇を触れ合わせる。ふわりとしたそれを一秒ほど続けたあとに離れようとした、その瞬間。レオナルドは右手を彼女の後頭部に回し、よりいっそう口付けを深くさせた。

「んっ……ふ、ん……！」

目を見開くジゼルの焦茶色の瞳に視線を合わせたまま、レオナルドは彼女の口内に舌を侵入させた。可愛らしい前歯をたどり、舌先に力を入れてざらりとした口蓋を舐めると、くぐもった甘い声が聞こえると同時に彼女の腰が淫らに揺らめく。

ジゼルはここが弱い。

あの遠乗りのときに、それはすでに把握した。けれどまだ、恥ずかしがり屋な彼女の舌は戸惑い逃げる。それを追いかけ、捕まえては絡みつく。

「……んっ……っ……」

舌の裏側の筋や、表面のかすかな凹凸《おうとつ》を確かめるように舐めると、ジゼルの口からは蠱惑的な吐息が漏れた。

（あぁ……たまらないね、ジゼル……）

何度も何度も執拗に口内を愛撫し、ジゼルの心も体もとろとろに蕩けさせる。くったりとした彼女の体を抱き留め、最後に仕上げとばかりに唇を甘噛みする。

「まぁ、今回の罰は……これで、いいかな……」

「……」

口元を唾液で光らせたジゼルは、息を弾ませてとろんと潤んだ目で見上げてくる。その理性的な瞳の奥に確かな熱情が揺らめいているのが見えて、レオナルドは胸に込み上がる嬉しさから目を細めた。

＊＊＊

深夜、自室の寝台に横になったジゼルは悶々として眠れずにいた。

思い出すのは、昼間の甘く淫らな罰。

手は自然と、レオナルドに貪られた唇に触れてしまう。

幾度も吸われ、舐められ、噛まれた。

熱情を隠さない蒼の瞳に、ひたと見据えられながら。

(……どうしよう。はしたない、はずなのに……)

はぁ、と悩ましい吐息を吐き出す。

(また、口付けがしたい……触ってもらいたい、なんて……)

だが一応貴族令嬢である自分が、内々に婚約しているとはいえ、自分から性的なことを求めるなど。そんなことは決してあってはならない。しかも、父親や弟たちもいる、自分の屋敷で。

ジゼルは何度かかぶりを振って、淫らな悩みを消し去ろうとした。

だが、そのとき。ふと、ある言葉が脳裏に甦った。

——ご自分の気持ちをまっすぐに見つめ、嘘をついてはいけません。自分に正直に、あのお方と接してください。

以前侍女長のエマから言われたその言葉。

彼女は言っていた。結果は後からついてくる、と。

しばらく考え込んでから、ジゼルは一度唾を飲み込み勢いよく寝台から立ち上がった。音を立てないようにして、自分の部屋の扉をそっと開ける。廊下は燭台の明かりも消え、カーテンによって月光すらも遮られているため、ほとんど光源がない。皆就寝しているはずだからか、なんの物音も聞こえない。

ジゼルは自室の扉を閉め、暗闇の中を固い決意を秘めてゆっくりと歩く。そろりそろり、と時間をかけて到着したのは、ジゼルの自室とは反対側にある客間。今ここには、レオナルドが寝泊まりをしている。

(私の、正直な気持ち。それは……)

すう、と深く息を吸い込む。ジゼルはノックもせずに扉を静かに開いた。

＊＊＊

寝台の上でジゼルの教育に関する書籍を読み込んでいたレオナルドは、何者かが静かに開こうとしている扉に向けてさっと手をかざした。侵入者に魔法を発動するためだ。王家の者として、護身に関しては徹底的に教育を受けている。

「……え？」

しかし戦闘態勢に入ったレオナルドの視界に入ってきたのは、頬をわずかに朱に染め、恥ずかしそうに扉の隙間からこちらを覗いている愛しい人——ジゼルの姿だった。

「……ジゼル？　どうしたんだい、こんな時間に」

「……あ、あの……その……」

ジゼルは部屋に滑り込むようにして入ると、静かに扉を閉めた。しかし、扉の前に突っ立ったまま動かない。緊張したように縮こまり、両手は寝間着の裾をぎゅっと握り締めている。彼女は何事か言おうとしているようで何度も口を開け閉めしているが、なんの言葉も出てこないようだった。

「……」

真っ赤な顔で何も言えないジゼルの様子から彼女が何を求めているのかわからないほど、レオナルドは唐変木《とうへんぼく》ではない。レオナルドはジゼルが自分を異性として意識してくれるように働きかけてきたのだから。

身震いがした。信じられなかった。色恋とは無縁だった彼女が、まさかそういう意味で自分を求めてここまで忍んできたのだろうか、と。

期待に高鳴る胸を落ち着かせながら、レオナルドは念のために確認をする。

「……君は、夜に男の寝室に来る意味を……わかっているの？」

ジゼルはさらに強く服を握ると、唇を引き結び、レオナルドから目を逸らしながらもこくん、と首を縦に振った。

その途端、レオナルドは心に湧き出る興奮を抑えきれず、ジゼルのもとに早足に歩み寄って乱暴に抱き寄せた。荒々しくその唇に自らのものを押しつける。

ジゼルの両手も遠慮がちにレオナルドの胸に当てられて、きゅっと服を摑まれた。

「んっ……は……」

何度か角度を変えて、お互いの唇を食み、吸いつく。昼間の罰など比べものにならないほどの激しさでジゼルの唇を貪ると、彼女の息はすぐに弾んだものとなった。慎ましく伸ばされる薄い舌を思いきり扱《しご》きたい衝動に駆られながら、レオナルドは理性を総動員してどうにかこうにか一度、唇を離す。

「君は……いけない子だね。この家には、君の家族もいるのに」

「……わかって、いるわ……けれど……」

「けれど？」

「また、口付けてほしかったの……。貴方と同じ家で寝ているのだと思うと……体が疼いて、仕方が、ないの……」

上目遣いの栗色の瞳が、可愛らしくも熱を孕んで潤んでいる。

ジゼルからはっきりとした熱情を言葉として伝えられたのは初めてのことで、レオナルドは焼き切れそうになる理性を保つのに必死だった。

「君は……僕を試しているのか？」

「……え？　試してなんて――きゃあっ！」

レオナルドはジゼルの体を抱え上げると、寝台の上へと少しだけ乱暴に寝かせ、組み敷いた。

「声、抑えて」

「ふっ……ん……っ」

レオナルドの手は、ジゼルの体から寝間着を性急に剝ぎ取り、豊かな丸みを揉みしだく。彼女の白い肌はすでにほんのりと汗をかき、しっとりとして手に吸いつくよう。薄い腹からなだらかな曲線を描く腰のくびれは、思わず舐めまわしたくなるほどになまめかしい。

「綺麗な……体だ……」

眩暈がしてきてしまいそうな色香に、ごくりと息を吞む。少々早いかとも思いつつ秘裂へと手を滑らせると、そこはすでに潤みきっていてくちゃりと音を立てた。

「……はぁ、すごいな……もう、とろとろだ……」

滾《たぎ》る興奮で声が掠《かす》れてくる。指を入れてもいいか、と聞こうとしてジゼルの顔を窺い見ると、その顔は見たこともないほどにだらしなく蕩けきっていた。その顔に、自分がしようとしていた質問は愚問だったと悟り、蜜を塗りたくった指を一気に挿入する。

「んっ……あぁぁぁ……！」

待ちわびていた、といったような甘く長い嬌声と、男を惹きつけなまめかしくしなる体。ぼんやりとした栗色の瞳は快楽で甘く滲んでいる。その愛らしすぎる痴態に衝動的にその体を暴きたくなり、奥歯を強く噛み締めて本能を抑え込む。

潤む秘処へと顔を埋め、期待でふくらむ蕾に唇を寄せる。舌先で強く、すばやく弾いてあげると、ジゼルはいっそう甘い声で啼《な》いてくれる。彼女は、ここがとても好きだ。

しかしどうやら、快感を貪ることに夢中で声を抑えることに意識がいっていない。レオナルドに割り当てられた部屋の近くには、辺境伯の自室や書斎がある。万が一にも彼女の声を響かせるわけにはいかなかった。

レオナルドはジゼルの秘処から顔を離すと、口元をべたつかせたままその唇を塞いだ。秘処から指を抜き、下穿きを寛げて、猛りきった屹立を取り出す。秘裂に沿って宛てがい、筋張った裏側で彼女の蕾を刺激するように、押しつけながら腰を前後に動かした。

「んっ……！　ふ、んっ」

「……は、っ、ジゼル……っ」

「……は……」

ぐちゅんぐちゅん、と音を立ててお互いの熱がこすれ、快感が身の内に蓄積されていく。ジゼルの両腕はレオナルドの首に回り、強く抱き着いてきた。その仕草に、胸の奥がきゅう、と切なくなる。

(……可愛い。ジゼル。可愛い可愛い可愛い好き、好きだ、好き、愛してる絶対に放さない)

愛しい人への愛が心に溢れ、思考を朧げにさせていく。柔らかな唇を貪りながら、彼女の体を絶頂に押し上げるために、ただただ動いて尽くす。

ぐちゃぐちゃになるまで蕩けさせたい。

快楽の海に攫って気持ちよくさせたい。

甘く啼かせたい。愛したい。愛されたい。

(あぁ、ジゼル。可愛い僕のジゼル。愛して愛して愛し尽くして、絶対……幸せにしてあげるから)

体は少々強引な快楽を刻み込んで引きずり落とし、心は誠実な王子の仮面で甘く揺さぶり落とし。もちろん、どちらも自分自身の本心には違いない。

ただ、少し使い分けているだけだ。

(どんな状況にあったとしても、たとえ四肢を失ったとしても、君を幸せにするためならば……僕は、いくらでも頑張れるよ)

そのレオナルドの努力が実り、ジゼルはほどなくして体を反り返らせ、全身を大きく痙

攣させて絶頂に達した。そのあまりの愛らしさにレオナルドの屹立も弾け飛び、ジゼルの薄い腹の上へと白濁した液体を何度も解き放った。

＊＊＊

ジゼルは荒い息をついたままおもむろに下を向き、胸や腹に飛び散った生温かい液体を視界に入れた。ふと指で触れるとぬるりと滑る。動物の子種を見たことはあったが、人間のものは初めて見た。

（これが……命のもとになるもの、なのね……）

けれどそれが今は体の外に出ているという事実が、どうしてかとても悲しい。ちらりと視線を上に向けると、ジゼルの上にのしかかっているレオナルドは、目を瞑って荒い息をついている。その顎からは透明な汗がしたたり落ち、白濁した液体と混ざり合った。

「……ねぇ。どうして……挿れ、ないの……？」

それは、単純な疑問。そして——不満のかけら。

レオナルドによって刻み込まれた快感は、確かにとても気持ちのよいものだった。けれど、これが終わりではないことは知識にある。なぜ彼は、ジゼルのすべてを奪おうとしないのだろうか。

レオナルドはゆっくりと瞼を上げた。その蒼い瞳には、自分に向けてまっすぐに注がれる愛情が溢れていて、ジゼルの胸は大きな音を立てて跳ねる。

レオナルドはそのまま、少しだけ困ったように笑い、ジゼルの額に小さな口付けを落とした。

「……挿れたいよ、すごく。君は僕のものなんだと刻み込みたい。心も体も繋ぎ合わせて、全部全部、僕のものにしたい。……けれどね」

レオナルドはいったん言葉を切り、決意を秘めた強い瞳でジゼルを見つめた。

「決めたんだ。君と本当の意味で繋がるのは、結婚してからにする、と」

「……どうして？」

レオナルドは「考えたくはないのだけど……」と小さく前置きをする。

「もし、結婚前に僕が死んでしまったら……そのとき残された未婚の君は、これから先に未来があるのに傷物としてあつかわれてしまう。そんなことは絶対にあってはならない」

「そんな、そんなこと――」

「あり得なくはない。……事故かもしれない。暗殺かもしれない。僕の立場上、いくらでも可能性はある。実際に、九歳のあのときは本当に危なかったんだ」

「……でも……」

「……僕はね、もう……本当の意味で君を傷つけないと決めたんだ。それに、お義父上とも、ラファ君とも約束した。絶対に君を守ると。傷つけないと」

それを聞きながら、いつの間にかジゼルの視界は涙で滲んでいた。それがぶわりと溢れ出し、頬を伝う。

ジゼルは今日、レオナルドと本当の意味でひとつになる覚悟でこの部屋に来た。

内々に婚約をしたとはいえ、未婚の状態で男女の関係を持つことがあまりよくないことだとされていることもわかっている。子供ができる可能性があることもわかっている。

けれど、それでもかまわないと思った。女として、自分のすべてをもらってほしいと思った。

ジゼルが願えば、レオナルドなら喜んで抱いてくれると思っていた。

それなのに、そのような優しい理由で拒否されてしまっては、どう受け止めたらよいかわからなくなる。

恥ずかしさや悔しさ、彼の気遣いを素直に喜べない罪悪感から、顔がくしゃりと歪んでしまって、両手で覆い隠す。

今の顔は、きっと醜《みにく》い。

レオナルドに、見せたくはなかった。

「ひ、どいわ……」

「……ジゼル」

「今まで散々、私に、あんなことを……してきたくせに……」

「……うん」

「私、私……貴方とのことを、夢にまで見てしまったのよ……」

「……」

「貴方に触ってほしくて……本当の意味で、貴方のものにしてほしいと思って、覚悟をしてここまで来たのに……」

「……うん。とても、嬉しいよ」

「私、まだ結婚もしていないのに、こんなに、いやらしくなっちゃったのに……」

「……ごめんね。それは確かに、僕のせいだ。けれど結婚まで……君の二十歳の誕生日まては、あと五カ月くらいだから。もう少しだけ我慢してほしい。僕も一緒に我慢するから」

　ジゼルは顔から手を退けて、目の前の男の瞳を恨めしさを込めて睨みつけた。

「絶対に、許さないわ。罰を受けてもらうからね」

「……うん、いいよ。……どうしたらいい？」

　労りを込めた眼差しを注いでくるレオナルドの耳に、ジゼルは唇を寄せた。秘密の話をするように、小さく囁く。

「私が満足するまで、口付け……して？」

　その瞬間、レオナルドは呆然としたように目を見開いたあと、急速に首から上を真っ赤に染め上げ片手で目元を覆った。

　手で覆われていない彼の口元は、笑いたいのか泣きたいのか、おかしな形に歪んでわなわなと震えている。

「……煽らないでくれないか……決意が揺らぐ……」

「いいじゃない。揺らげば」

「だめだよ、ジゼル。……約束なんだ……」

レオナルドは大きく息を吐き出すと、噛みつくようにしてジゼルの唇を貪った。そのあとも、何度も何度も切なく口付ける。

それは数分前の激しいものとは違う、懇願するような、お互いの心を交ぜ合わせるような、じっくりとしたもの。ジゼルも彼の首に腕を回し、満足するまで優しい唇を貪った。


翌日。午前中の座学も午後のダンスの練習や礼儀作法の実技も、ジゼルは無事にこなすことができた。

これで変わり者の辺境伯令嬢は、付け焼き刃とはいえ、一流の貴族令嬢へと姿を変えたと言っていいだろう。その姿を見たエマは、「お嬢様、ご立派になられて……」と涙ぐんでいたほどだった。

三日間を振り返って、ジゼルは思う。これはすべて、レオナルドがいてくれたからできたことだと。

同い年であるにもかかわらず、熟達した教師にも引けを取らない指導力でジゼルを導いてくれた。優しさだけではない的確な指摘や効率的な説明の仕方は、自分も見本にしたいと思った。彼が静かにしていたジゼルへの気遣い溢れる決意は、時間が経つにつれ心の奥に優しく染み込んでいった。

今のレオナルドに対して、レミーに感じていた友情にくわえて異性としての恋情、そして人としての尊敬の念も芽生えているのだ、とジゼルは自分の心を分析する。

レオナルドの隣に立つ人物としてふさわしくありたい。彼のためなら、なんでも頑張れる。そんな心から湧き出てくるような自信が、今は確かに存在していた。

第十一章　あなたのためなら

国王の誕生祭、その前日の夜。

ジゼルはレーベンルート辺境伯が所有する王都にある別邸の寝台で、一人静かに横になっていた。

レーベンルート辺境伯の屋敷から別邸までは、馬車で約三日の距離。よって、辺境伯とラファ、ジゼルは、三日前の早朝に自宅を発ち、今日の夕方ごろになってようやく別邸に到着していた。

明日への緊張で、ジゼルは出立してからずっと腹部が痛くて仕方がなかった。何度もため息をつき、眠れもしないのに寝台に転がる。

明日は午前中に国王陛下と王妃殿下、それから王太子であるアルフォンスや、レオナルドと共に結婚の挨拶をする。その後、昼の誕生祭の儀礼に家族三人で出席し、夜の舞踏会でレオナルドと共に婚約を発表する、という流れになっている。

国王側へはすでにレオナルドから話が伝えられていて、この結婚を歓迎してくれているという話は聞いている。だがジゼルの心の中を占めていたのは、体を内側からじわりと浸食されるような、薄ら寒い恐怖だった。

初めて謁見し、これからは家族となる、この国の君主とその妻。

確実に注目されるであろう婚約発表。

付け焼き刃で挑む初めての舞踏会。

すべてが、腹の中心をキリキリと締め上げる。

ジゼルは再び、深いため息をついた。

——コン、ココン。

不意に響いた軽い音に、ジゼルは寝台からおもむろに体を起こした。先ほどの音は、部屋の窓硝子に小さな物が当たったような音に聞こえた。そちらを見ると、一羽の灰色の鳩《はと》が外側から窓硝子をつついているのが見える。

「……！」

来訪者の正体を察し、ジゼルは思わず笑顔になって、急いで窓硝子を開けて鳩を歓迎した。

「こんな夜遅くにどうしたの？　レオ」

部屋の中に入り鳩からもとの姿に戻ったレオナルドは、ジゼルの顔を見るなり優しく抱き締め、頬に軽く口付けた。

今の彼は着心地のよさそうな寝間着を身につけており、ジゼルは初めて見るその姿に少しだけ目を見張る。

「君のことだから、緊張して眠れていないかもしれないな、と思って。……どうかな。君専用の抱き枕、いらない？」

「……っ」

レオナルドの優しさが固くなっていた心に染み渡り、ジゼルは顔をくしゃりと歪ませた。勢いよく大きな胸に頭を預けると、嬉しさとほんのわずかの気恥ずかしさから、強く額をこすりつける。

レオナルドはそんなジゼルの髪の毛を優しく梳る。その手つきは宝物をあつかうように繊細で、温かな手のひらからは溢れるほどの愛情がひしひしと伝わってきた。

「ここは城と近いから、今日は朝まで一緒にいられるよ」

レオナルドはジゼルを横抱きにして軽々と寝台へと運んだ。優しく寝かし、自らも寝転んで正面からすっぽりと抱き締める。

「レオ、ありがとう……とっても安心するわ」

「いいんだよ。君のためだから」

レオナルドは、口付けをすることも淫らに触れることもしない。ジゼルも、今はそれを求めてはいない。背中に回る腕は、幼子を寝かしつけるように優しく眠りの世界へと誘ってくれる。

ただひたすら抱き締め合って、自分よりも高い体温やせっけんの匂い、静かな息遣いを感じて。自分をここまで想ってくれる男の存在を強く感じながら、ジゼルは安らぎの眠りに落ちた。

＊＊＊

翌朝、レオナルドは陽の光で早朝に目が覚めた。目の前、自分の腕の中では、愛しい人がすやすやと可愛らしい寝顔をさらけ出してくれている。それを見て心が温かくなり、つい顔がゆるんでしまうのを止められなかった。愛しさが心から溢れ出し、耐えきれなくなってその額にそっと口付けを落とす。

ジゼルは自分の容姿に対してあまり自信を持っていないようだったが、そのようなことは決してない。栗色のまつ毛は化粧もしていないのに長く繊細だし、小さくまとまった顔は愛らしさで溢れている。

十年前ジゼルに助けられてから、さりげなく周囲の男や縁談は遠ざけるように動いてきたが、よくこうして無垢なままで自分の腕の中に来てくれた、と改めて感動の念を覚える。

いつまでもこうしていたい。だが今日は、自分の父親の誕生祭の日。

名残惜しいが、そろそろ城に戻らなければならない。

未だ眠る彼女を起こさないように、まるで布になったかのように慎重に体を動かす。静かに寝台から抜け出そうとした。――のだが。

「……ん……」

その努力虚しく、隣の体温がなくなったことに気づいたのか、ジゼルは目を開けてしまった。寝起きの柔《やわ》く滲んだ栗色の瞳が、レオナルドを捉える。

レオナルドは再びジゼルの傍に戻り、少し寝癖がついてしまった赤茶色の前髪を整えるように撫でた。

「おはよう、ジゼル。……ごめんね、起こしてしまったね」

「……あ、さ……？」

「うん、そうだよ。今日は僕もいろいろとやらなければならないことがあるから、そろそろ行くね」

ジゼルは手の甲でごしごしと目をこすったあと、少しだけ目覚め始めた瞳で微笑んだ。下がった眦に、純真な温かさが溢れる。

「……うん。昨日は、ありがとう。とっても……よく眠れたわ」

「喜んでくれてよかった。君のためなら、僕はなんでもするよ。……じゃあ、あとでまた迎えに来るから」

「うん。あとでね」

レオナルドは再び鳩へと姿を変えた。パタパタと翼を動かすと、ジゼルが寝台から立ち上がり、窓を開けてくれる。感謝の意を込めて一度彼女の手に頭をこすりつけてから、レオナルドは王城の方角に向けて飛び立った。

少し飛んだところで、ちらり、と上空からジゼルを振り返る。

部屋に残された彼女は、気合いを入れるように頬を両手で叩いている。その瞳はまっすぐ前を見据えて輝きを放ち、これからの試練に立ち向かおうとする気概に満ち溢れているように見えた。

＊＊＊

ジゼルが朝食を食べたあと、侍女たちによる身支度が始まった。

今日のドレスは、快晴のときの深い海のような蒼い色をしている。このドレスは、先日レオナルドから贈られたものだった。

レオナルドからの淑女教育の最終日、「当日はこれを着てくれないか」と珍しく照れたような面持ちの彼から手渡されたドレスは、寸分の狂いなくジゼルの体に合っていた。いつの間にかジゼルの採寸をして注文をしていたらしい。

知らないところで採寸をされていた事実に驚きつつも、ジゼルは美しいドレスに目を奪われた。それを着た自分を想像して、嬉しく気恥ずかしく、頬を染めたのだった。

大きな姿見の前に立ちながらそのときのことを思い出していると、自分のために仕立て上げられたドレスが、まるで体の一部であるかのように身を包んでいく。

胸元部分が繊細なレースでできたそれは、ジゼルの豊かな胸を、しかし決して、いやらしさが出ないように華やかに飾り立てる。また、スカート部分はウエストから裾にかけて少しずつ広がり、細い腰を妖艶《ようえん》に魅《み》せる。はっきりとした蒼い色が、大人の女性としての色香を香らせつつも、ジゼル本来の活発さを滲ませていた。

――殿下は、お前が引き立つ色をわかっていらっしゃるな。

それはかつて、レオナルドから食事に誘われた際、父親から言われた言葉。あのときもドレスと同じような色をした――レオナルドの瞳と同じ色の花を贈られた。

今、姿見に映る自分の姿を見てみると、その言葉の意味がとてもよく理解できる。

赤茶色の髪は、後頭部の左下のほうで薔薇《ばら》のような形に結い上げられる。いくつかの小粒の真珠を髪に散らされ、それと同じ素材の首飾りを着けてもらった。この姿は、誰がどう見ても立派な貴族令嬢に見える出来だと自負できる。

（……これで貴方と並んでも、おかしくない……よね）

――王子妃。

この婚約発表を乗り切ったら、数カ月後にはその肩書が自分につくことになる。今まで生き物にばかり興味を向けて、貴族としての務めをほとんど果たしていなかった自分に。

不安はある。けれど、十年もの間心の支えになってくれ、今はあんなにも深い愛を捧げてくれるレオナルドの気持ちに報いたいという思いのほうが、もっと強い。

（私も……貴方と一緒に、胸を張って歩いていきたい）

ジゼルは、胸の前で両手を強く握り締めた。


ジゼルの支度が終わってしばらくすると、馬車の車輪が回る音が遠くから聞こえ、それは別邸の前でゆるやかに停まった。レオナルドが到着したことを察し、ジゼルは侍従が呼びに来るよりも前に、小走りで駆けて外に飛び出した。

王家の紋章が入った豪華な馬車から降りてきたレオナルドは、煉瓦色の燕尾服を着ている。その中には、栗色のベストがちらりと存在を主張している。実はこれも、このときのために彼が注文したものらしい。

ジゼルは朝まで共にいたレオナルドに向かって、心のままに笑いかける。レオナルドも目を細めて優しく微笑み返してくれ、手を差し出してくれる。ジゼルはその手に当然のように自らの手を重ねると、そのまま彼のエスコートに従って、馬車の中に入った。

馬車は、整備された石畳の上をなめらかに走る。

しばらくすると、エシュガルド城の城壁が、馬車の窓からでもその姿を確認できるようになってきた。遠目にならば城を見たことはあったが、ここまで近くに来たのは初めてのこと。窓から少しだけ身を乗り出して、それを眺める。

馬車が向かう先、真正面にある石でできた城壁は、いったいどこまで続くのかというほどに左右の先が見えない。壁の向こう側には、同じく石造りの無骨で巨大な居館と、同じ素材でできた高さの違う四本の尖塔《せんとう》が、なんとも絶妙な配置で聳《そび》え立っている。その中で一番高いものは雲にまで届きそうなほど。まさに大国にふさわしい、荘厳《そうごん》かつ堅牢《けんろう》な城といえよう。

「……強そうなお城ね……」

「そうだね。でも僕は、少しばかり華やかさが足りないと思うな。もっとさぁ、こう、煌びやかな宮殿に憧れるよ」

「贅沢《ぜいたく》すぎる悩みだと思うのだけれど……」

そんな軽口を叩いているうちに、王家の馬車は堀の上の跳ね橋を通ると、城壁の真ん中に口のように開いている城門をするりと通り抜けた。馬車が通ると、背筋をピンと伸ばした騎士たちが、右手の拳を胸に当てて出迎える。その立ち姿は一分の隙もなく、存分に鍛えられていることが窺える。

ジゼルが彼らに対して敬意を込めて見ていると、隣にいたレオナルドが、唐突に頬を両手で挟んで強引に自分へと向けさせた。彼の瞳は剣呑に細まり、物騒な色が散っている。

「ほかの男に、そんな熱い視線を送らないでくれないか。胸が焦《こ》げてしまいそうだ」

「熱い視線？　何を言っているのよ。ただすごいな、と思って見ていただけよ」

「……やめてくれ。僕は君の幸せを願っている。だから……できることなら、監禁はしたくない」

「……え？」

その本気なのか冗談なのかよくわからない不穏な言葉に、わずかに血の気が引く。

しかし、執着心の強い彼のことだ。おそらくは本気で言っているのだろう。その証拠に、蒼い瞳がきわめて真剣に見つめてくる。そう思うと、こんな小さなことで嫉妬している彼が途端に可愛らしく思えて、くすりと笑いながらその両手に自らの手を重ねた。

「ねぇ、レオ。私が男性として意識しているのは、貴方だけよ。私が心を揺さぶられるのも、触れるのも、貴方だけ。だからどうか、安心してほしいの」

「……ごめん。情けないな。僕は……君のことになると余裕がなくなってしまう」

「ううん、いいの。それも……私が好きになった貴方の一部だから」

レオナルドの手の甲を優しく撫でてあげると、彼はジゼルの指に口付けを落とした。

「ジゼル……君のそういう心の広いところを、僕はとても好きになったんだよ」

じっと見つめてくる瞳からは、剣呑な光は霧散している。かわりに熱が滲み始めたのを感じ取り、ジゼルは頬を染めて眉を下げた。

「あ、ありがとう。……あ、でも、他人に迷惑をかけてはだめよ？」

「……」

「だめよ？」

「……あぁ、そうだね。気をつけるよ」

レオナルドは目を細めてにっこりと笑う。その返事に少しだけあやしいものを感じたが、まぁ大丈夫だろう、と追及しないことにした。

ふと、レオナルドが窓の外を見る。

「まもなく、到着するよ」

「……うん」

馬車はその速度を徐々に落とし、時間をかけてゆったりと停車した。

レオナルドのエスコートによってジゼルが馬車から降りると、そこは城の正面だった。広く長い大階段の上に、大きな鉄製の城門。それは今、ジゼルたちのために左右に大きく開け放たれている。

城門の前には一人の大柄な男が立っていた。その男は、ジゼルも以前会ったことがある。レオナルドの兄であり、この国の王太子である男、アルフォンス・エシュガルドだ。

彼は強面の顔にどこか固い——しかし実は、当人からしたら満面の——笑みを浮かべて、ジゼルたちを歓迎した。

「久しぶりだな、ジゼル嬢。レオナルドが本当に世話になった」

無骨な体で、しかしアルフォンスは実に優雅な礼をする。

「こちらこそ、お久しゅうございます、アルフォンス殿下」

ジゼルもこれから義兄になる彼に向かって深々と頭を下げ、淑女の礼をした。

礼儀作法に関してもレオナルドから三日間のうちに叩き込まれており、最後の日に姿見で見た自分の姿は、楚々《そそ》としながらも気品溢れるものだったと自負している。アルフォンスと初めて会ったときに披露したものとは、段違いのはずだ。

それを見たアルフォンスは、わずかに目を見張った。

「……レオナルドから淑女教育を受けたと聞いている。……そうか。以前も愛嬌があって素敵だったが、よりお美しくなられたな」

「光栄でございます」

ジゼルの口元は控えめな微笑みで彩られ、言葉もつかえることなく出てくる。これも、レオナルドによって教え込まれたことだ。

礼を終え頭を上げると、突然レオナルドが横から、くい、とジゼルの顎を摑んで自分のほうに向かせた。

「ジゼル、あまり兄上のほうを見ないでくれ」

「……え、あ、あの、レオ。それは失礼よ」

「だがもし、兄上が君のことを気に入ってしまったら大変だ。この国で兄弟間の熾烈《しれつ》な内乱が起きてしまう」

「……お前、婚約者のいる俺が、弟の婚約者に手を出すと本気で思っているのか？」

「ジゼルは可愛いから。男なら誰だって可能性があります」

「……俺への信用はどこに行った」

「万が一ということがあります」

アルフォンスは、呆れたように項垂れてため息をつく。

ジゼルはそのやりとりを見ながら彼ら兄弟の仲が良好であることを感じ取り、くすぐったくなるような心地がして小さく笑った。

「これから、国王陛下の居室へと向かう。王妃殿下もそこでお待ちだ」

「はい。よろしくお願いいたします」

そのままジゼルたちは、アルフォンスの先導で城の廊下を進んでいった。

城の内装も、外装と同じように無骨なもの。いたるところに厳《いか》つい騎士たちが立哨《りっしょう》しており、鋭い視線で周囲を警戒している。アルフォンスたちが通るたび、皆右手の拳を胸に当てて敬礼をした。

ここでもレオナルドによってエスコートをされながら、階段を三階まで上がり、また長い廊下を進む。そこまで来ると、騎士たちの数がさらに増してきていた。その誰も彼もが自分を監視しているような気がしてしまって、緊張から冷たい汗が頬を流れるのを感じる。

先導するアルフォンスが振り返り、後ろにいるジゼルに視線を向けた。

「そこの突き当たりだ」

「……はい」

「大丈夫だよ、ジゼル。僕がいるから」

「……ありがとう、レオ」

アルフォンスは、とある鉄製の扉の前で足を止めた。熊のような騎士二人がその扉の前に立っていて、ジゼルたちに向かって深く頭を下げる。

　アルフォンスは、その扉をノックした。そのノックすらも彼がやると非常に力強いが、どこか仕草に品がある。

「陛下。アルフォンスです。レオナルドとジゼル嬢をお連れいたしました」

「……あぁ、入りなさい」

　アルフォンスが一歩後ろに下がるのと同時に、扉の前に立つ騎士二人が扉の取手をさっと摑み、扉を開け放った。

　ジゼルから見えるのは、豪華な、しかし心なしか無骨にも感じる厳しい室内。アルフォンスの先導のもと国王の居室へと足を踏み入れたジゼルの目の前では、二人の男女がソファに腰掛けていた。

　男性はエシュガルド王国の現国王、ラーサー・エシュガルド。女性は、その妻である王妃、メレティナ・エシュガルド。

　二人のことも、レオナルドからよく話を聞いている。

　国王陛下の容姿は、まるでレオナルドがそのまま年をとったかのようだった。黄金の髪や蒼い瞳、儚げな麗しい容姿も、彼と瓜ふたつ。しかしその表情やまとう雰囲気は厳格なもので、そちらはアルフォンスと似ている。

　片や王妃は、アルフォンスと同じ黒髪黒目をしていた。彼女の切れ長の目は神秘的で、珍しい雰囲気を持った美女と言える。

　その二人に向けて、ジゼルをエスコートしていたレオナルドが、紹介するようにそっと腰に手を当ててきた。

「父上、母上。ご紹介いたします。彼女が私の命の恩人にして最愛の人。レーベンルート辺境伯の長女、ジゼル殿です」

その紹介のあと、ジゼルは頭を深く下げ、最上の敬いを持って淑女の礼をした。

緊張はまだある。その証拠に、視界にちらりと入る自分の手は、近くで見なければわからないが、カタカタとこまかく震えている。

しかしその緊張は昨夜ほどではない。隣にいるレオナルドの存在が、自信を持たせてくれているから。

「国王陛下、並びに王妃殿下。お初にお目にかかります。レーベンルート辺境伯・マルスの娘、ジゼル・レーベンルートと申します。お忙しい中、時間を割いてくださり光栄でございます。……また、国王陛下。このたびは、お誕生日、誠におめでとうございます」

頭を下げたままなめらかに挨拶の言葉を紡ぐと、「よい、楽にしなさい」と声がかかる。

そこでようやく、ジゼルは頭を上げた。目の前を見上げると、国王と王妃も席を立ち、ジゼルに向かって礼をしている。

「初めまして、ジゼル嬢。君のことは、レオナルドから話を聞いている。……だがまず、何よりも初めに、私たちは君に感謝を伝えなければならない。十年前の暗殺未遂のとき、息子を助けてくれた恩人が君だったことを、ようやく聞けたのでな。……礼が遅くなって申し訳ない。感謝申し上げる」

　国王と王妃はジゼルに向かって頭を下げた。ジゼルも慌てて、再び頭を下げる。

「とんでもないことでございます。私はただ、目の前の命を救うことに必死だっただけです」

「……謙虚な子だ。それに、とても清い。息子が惚れるのもわかる。こやつは少し厄介な性格をしているから、付き合うのは大変だろうが……どうか、よろしく頼む」

「私こそ、レオナルド殿下にはたくさんの尊いものをいただきました。……十年もの長い間、かけがえのない友として私を支えてくれ、今は、深い愛情を注いでくださっています。私も必ずや彼を支え、照らす光となってみせましょう」

　頭を上げたジゼルに、国王の隣にいた王妃が柔らかな表情で近寄ってきた。彼女はジゼルの手を取り、優しく微笑みかける。

「ジゼルさん。これから、私たちは親子となる身です。そう固くならないで。辺境伯から、貴女はとても活発なお嬢様だと聞いているわ。公の場ではともかく、私たちの前では自分を出していいのですよ。……亡くなられたお母様の代わりになれるとは思っていないけれど、家族として、末長く仲良くしていきたいの」

　その温かな言葉に、嬉しさと有り難さを感じて、ぐっと息が詰まる。徐々に潤んでいく視界のまま、ジゼルはこれから義母になる女性の顔を見つめた。

「ありがとうございます。……お、お義母様」

「……！　嬉しいわ！　……アルフォンスの婚約者は、年齢的にまだ結婚できなくてね。

この城は男性ばかりだから、華やかさがなくて少し寂しかったのよ。……さぁ、かけて。貴女たちの話をたくさん聞きたいわ」

「はい、ありがとうございます」

これから家族になるジゼルたち五人は、ソファに腰掛けてしばしの間、和やかに歓談した。国王と王妃は威厳がありながらも、ジゼルに対して終始柔らかい。アルフォンスもそれは同じだった。

家族と共にいるレオナルドは、少しだけ気恥ずかしそうに、だが楽しそうに会話に参加している。その姿は、今まで見たものとは少しだけ違う。いつもよりもどこか気が抜けている気がする。これが家族の前での彼の姿なのだろう。

(こうして……これから私たちは、家族としての思い出を積み重ねていくのね)

ジゼルは新しい家族が自分を歓迎してくれたことに、ほっと体を弛緩させた。まだ婚約発表という大事な行事が残っているが、少しだけ肩の荷が下りたような気がしていた。


国王との面会のあと、ジゼルはレオナルドと別れ、辺境伯やラファと合流し、誕生祭の儀礼に参列した。

エシュガルド城の大広間で行われたそれには、国内外を問わず、多くの貴族たち、要人たちが列を作って、この国の君主に祝いの言葉を述べている。

ジゼルたちも、その長蛇の列に並んだ。

自分たちの順番が来たとき、先ほど会ったばかりの国王は、威厳のある顔に少しだけ微笑みを乗せてジゼルを見た。

辺境伯から始まり、ジゼルとラファも、ほかの者たちと同じように国王へ祝いの言葉を送る。

その後国王と辺境伯は形式的な挨拶のあと、小声で何かを耳打ちし合っていた。彼らは朗らかに笑い合いながら、がっしりと固い握手を交わし合った。


太陽が沈み、あと少しで正円になりそうな月が、無骨なエシュガルド城を冴え冴えと白く照らしている。昼間の荘厳な時間は終わりを告げ、華やかな蝶《ちょう》たちが舞う時間となった。

ジゼルはレオナルドと再び合流し、豪華絢爛《ごうかけんらん》な宴《うたげ》の会場へと切り替えられた大広間に、共に足を踏み入れた。そこには、すでに何人もの貴族たちが、煌びやかな装いをして片手に葡萄酒を持ちながら歓談している。さっと会場内を見回してみたが、辺境伯やラファの姿は、まだそこにはないようだった。

レオナルドが一歩足を踏み出すと、大理石の床にコツン、と固い音が響く。いっせいに周りの者たちが皆目を見開いて彼を——正確には、彼がエスコートをしているジゼルを見つめてくる。その見定めるような不躾な視線にジゼルは自然と腹に力を込め、奥歯を噛み締めていた。

「あぁ、レオナルド殿下……なんて麗しいの」

「あのご令嬢はどなたですの？」

「さあ……見たこともございませんわ」

「殿下がご令嬢をエスコートされるなんて、初めて見ましたわ」

「……なんて図々しい」

「あら？　レオナルド殿下はアーサリー公爵のご令嬢といい仲と聞きましたが？」

「何をおっしゃっているの。それは彼女のほら話ですわよ」

　色とりどりの扇子の内側でひっそりと、だが確実に聞こえるような声量で話されるそれらが、聞きたくもないのにジゼルの耳に侵入してくる。体中の毛穴という毛穴から嫌な汗がじっとりと噴き出し、腹の中心がキリキリと痛む。それをこらえるために、ジゼルは顎をくっと上げた。

　覚悟はしていた。何しろ、レオナルドは婚約者もいない、未婚の麗しい第二王子。貴族令嬢たちの羨望の的だ。そんな中、ろくに社交界に顔も出していない変わり者の自分と、いきなり婚約をするだなんて。そんな話があったら、皆どういう反応をするのか。

　レオナルドは、そんな周囲を冷ややかな目で見ていた。しかし、周囲からの注目にジゼルの体が勝手に震え出してしまったとき。彼はジゼルの手をやんわりと放し、両手を自らの目の前に持っていった。突然、強い力で手を二回叩く。

　パンパン、と乾いた音が大広間の中を鐘のように反響する。皆、しんと静まり返ってレオナルドのほうを見つめた。

拍手の音が消え、糸が張ったような静寂が空間を支配する中。レオナルドは優美な仕草で、ゆっくりとジゼルを抱き寄せる。まるで咲き誇る白百合のような、淑《しと》やかでいて艶やかな微笑みを浮かべた。

「皆、父の誕生祭によく来てくれた。宴が始まる前に、私からひとつ、報告がある」

ジゼルの肩を摑む彼の手に、強い力がこもる。

「突然のことに驚く者も多いだろうが、私はレーベンルート辺境伯の長女、ジゼル・レーベンルート嬢と婚約を結ぶことになった。……彼女は私の命の恩人であり、唯一の愛する人。ぜひ、皆に祝福してもらいたい」

レオナルドは堂々と宣言する。その姿にジゼルは混乱していた。

予定では、国王から第二王子の婚約が調ったことを報せることになっていたはずだ。

一瞬の静寂が、大広間を包む。そして、まるで大雨で氾濫した川が決壊したかのように、人々の騒めきが一気に広がっていった。

「レオナルド殿下が婚約ですって？」

「嘘!?　嘘よ！」

「あんな小娘と？　たいして美しくもないじゃない……！」

「レーベンルート……あの平民上がりの辺境伯の娘ですわね。どおりで……」

「社交界に出てこない変わり者だとか」

「ねぇ、ご覧になりました？　あの下品な胸。あれでたらしこんだに違いありませんわ」

「命の恩人ですって？　裏取引でもあったのではなくて？」

覚悟はしていた——はずだった。しかし、それらの悪意の洪水は、思っていたよりも心をきつく抉ってくる。ジゼルの体はカタカタと震えてしまい、どんなに心を強く持とうとしても、恐怖が心を底なし沼に引きずり込んでいってしまう。

すると——。

「——っ！」

突如、ジゼルの世界から音が消えた。

両方の耳が、とても温かかった。誰かの——レオナルドの手のひらが、優しく耳を包み込んでくれている。

ちらりと横の彼の顔を仰ぎ見ると、その顔は微笑んでいるのに、かつてないほどに殺気だっていた。視線で人を射殺してしまいそうなほどのそれに、レオナルドの底知れぬ怒りを悟る。

彼が自分のために怒りをあらわにしてくれていることに、そして温かく優しい手に、ジゼルは自分を奮い立たせた。

（レオ、ありがとう。私を守ってくれて。……でも）

ジゼルは耳を覆うレオナルドの両手を自らの手で包み込み、耳から引き離した。

強い決意を持って、胸を張って周囲を見回す。

（私はもう、ただの生き物好きの、変わり者の令嬢ではいられないの）

すっ、と深く息を吸い、無理やり口角を上げて、微笑みを浮かべる。

ここで負けてはいけない。レオナルドと共に生きるために――王子妃として生きていくために、強くならなければならない。

(レオナルド王子の、婚約者になるのだから)

「お初にお目にかかる方も多いかと存じます。私の名は、ジゼル・レーベンルート。東の辺境、レーベンルート辺境伯の長女でございます。……レオナルド殿下とは、十年前にご縁を得て、少しずつ愛を育んでまいりました。今まで社交界に顔を出さずにおりましたが、今後は積極的に社交をしていこうと思っております。どうぞよろしくお願いいたします」

しん、と静まる大広間に自分の声が響く中、ジゼルは深々と頭を下げた。しっかりと数秒待ってから頭を上げ、再び周囲を見渡す。

軽く会釈をして、出口に向かって静かに歩いていく。レオナルドも、ジゼルの横に寄り添ってついてきてくれている。

大広間から外に出て、扉が閉まった瞬間。扉の向こうからは、激しい喧騒《けんそう》が噴き出すように聞こえ始めた。

＊＊＊

大広間を出たジゼルは、無言でただただ歩いていた。レオナルドも、その固く引き締まった横顔を見守りながら、肩を抱いて歩く。

最初はジゼルのほうが先に立って歩いていた。ただ城の構造を知らない彼女に行く宛はないのだろう。レオナルドは歩く速度を上げて、ジゼルの肩から手を外し、冷たくなっている彼女の手を握って先導した。

人が行き交う廊下を抜け、いくつかの角を曲がり、大広間からほど遠い倉庫のような小部屋。そこの扉をやや乱暴に開け放つ。中に滑り込んで、扉を閉めた――瞬間。

「……っ」

ジゼルの体がガクッと崩れ落ち、レオナルドはその体を強く抱き留めた。彼女の体はひどく震え、唇は紅を塗っているにもかかわらず真っ青になってしまっている。

「……っ、く……」

「……ジゼル。怖かっただろうに、とても頑張ったね。本当に、見惚れるほどに……格好よかった」

ジゼルは涙を流しはしない。震えているのは、恐怖や緊張のほかにも、涙をこらえているから、という理由もあるのかもしれない。レオナルドは、そんなジゼルの震える背中を何度も何度も、労りと敬意を込め撫でた。

変わり者として周囲から距離を置かれ、社交界に出たことのないジゼル。何も知らない者たちの口さがない言葉に傷つけられた彼女の心痛は、いったいどれほどのものだったのだろう。

それでも彼女は、胸を張って立派に前を向いていた。自分の言葉で話していた。

静かに二人抱き締め合っていると、しばらくしてジゼルはレオナルドの胸から顔を上げた。震えながらも、しかし力強く笑う。

「怖、かった……でもね、私……レオの妻として、ちゃんと立っていたいから……貴方のためなら、私、頑張るよ……」

レオナルドはその言葉を聞いて、視界を滲ませながらジゼルの小さな、しかし堂々とした体を強く抱き締める。

（……君の体はこんなにも細いのに、どうして心はこんなにも……強いのだろうね……）

彼女の心に溢れる勇気に感服し、改めてこの愛しい人を生涯幸せにする、と固く誓った。

第十二章　偏執的で一途な愛の行方

　エシュガルド王国国王ラーサーの誕生祭の夜、王城での舞踏会。そこの会場であるエシュガルド城の大広間に、主役であるラーサーが入場したとき。場は、驚くほどにざわめき立っていた。

「何事だ」

「……私が聞いてきましょう」

　傍にいた王太子のアルフォンスがすばやく動き、会場にいる従者を呼んで問いかける。

　思いもよらなかった騒動が起こっていたことが判明して、ラーサーは片手でこめかみを揉んだ。

「あやつは、なぜこうも……」

「……許せなかったのでしょうね。愛する人が悪意にさらされてしまって。意外とあの子、怒ったら真っ向から攻める性格をしていますから」

隣にいるメレティナは、困ったように、しかしどこか微笑ましく顔を綻ばせている。

ラーサーはひとつ吐息をつくと、大広間の奥、玉座まで歩いていった。すれ違う貴人たちは皆、自分に向かって頭を下げていく。

ふたつ並んでいる玉座にメレティナと共に腰掛け、すっと右手を挙げる。そうすると、あんなにもざわついていた会場がぴたりと静まり返った。

「さて、諸君。どうやら、先ほど私の愚息がやらかしてしまったようだな。……実はそのことで、宴の前に皆に聞いてほしいものがある」

こちらを向いている一人一人の顔を順に見回していく。

「……これは、十年前に始まった、とある恋の話だ」

ラーサーは、会場の隅に控えていた一人の男に視線を合わせ、指で手招きした。

ひときわ美しい容姿をしたその男は、王城お抱えの吟遊詩人《ぎんゆうしじん》。彼はラーサーの傍に侍ると一礼し、事前に行っていた打ち合わせどおり、リュートを弾きながらあるひとつの恋物語を詠《うた》い始める。

――それは、レオナルドとジゼルの、この十年間の話だった。

レオナルドに降りかかった、幼き日の暗殺未遂のこと。

王子と知らないまま行ったジゼルの献身によって、トカゲの姿のレオナルドは死の淵から助け出されたこと。

心優しいが変わり者として周囲から距離を置かれていたジゼルを、レオナルドは深く愛するようになったこと。

関係が崩れるのを恐れて、レオナルドは長い間正体を明かせなかったこと。

十年後、偶然にも正体が暴かれてしまい、騙されていたと感じたジゼルはレオナルドの想いを拒否してしてしまったこと。

レオナルドの注いだ一途な愛によってジゼルの心は解《ほぐ》れ、ようやく二人の心は結ばれたこと。

その話を、吟遊詩人は美しい歌声で滔々《とうとう》と詠った。

柔らかに響くリュートの音色が、切なさを増幅させる。

その甘く切ない恋物語――内容は実際のものからずいぶんと脚色されていたが――に、大広間の者たち、特に令嬢たちは、うっとりと目を潤ませて聞き入った。

その様子を見ながら、国王はほっと胸を撫で下ろす。

(……レオナルド。お前の頼み、しかと果たしたぞ)

自身も目を瞑り、その美しい歌声に聞き入った。

＊＊＊

国王の誕生祭の十五日前。レオナルドが、辺境伯とラファに結婚の許可をもらいに行く数日前のこと。

レオナルドは夜、父であり国王であるラーサーの自室に赴いていた。要件は、ジゼルとの婚約の報告だった。

「……そうか。彼女も承諾してくれたか」

「はい」

「……はぁ。これでようやく、私も動ける。……今まで、恩人と知りながら何もできなかったことが非常に心苦しかった。辺境伯には内々に謝礼をしてはいたが……本人に、直接礼を言いたかったからな」

「……」

暗殺未遂事件から、ラーサーはレオナルドの考え——命の恩人と結婚したいが、その謙虚な女性から結婚の承諾を得るためには時間が必要だから、自分にまかせてそっとしておいてほしいというもの——を尊重してくれていた。

しかしあまりに時間をかけすぎていると判断したようで、最近では強制的に縁談を持ち込むようになってしまった。それに嫌気がさしたレオナルドが城から抜け出し、アルフォンスがその居場所を突き止めたことが、そもそもの始まりだった。

命の恩人がジゼルだと判明したあとも、彼女との関係を再構築するにあたり、どうか変わらずそっとしておいてほしい、とレオナルドはラーサーに頼み込んでいた。

「本当にお前は、十年間もずいぶんと待たせてくれたな。おかげで、いらない縁談を多数持ち込む羽目になった」

「……僕にも考えがあったのですよ」

「何を言い訳している。ただ臆していただけだろう。恋を前にすると、男というものは意外と臆病になるものだからな」

「……」

痛いところを突かれて、レオナルドは自分の見た目とそっくりな父親をじろりと睨んだ。しかしラーサーはどこ吹く風といった様子で、透き通った薄緑色の葡萄酒を美味しそうに口にする。

「……父上、辺境伯から結婚の許可が得られたら、婚約の発表に際して、いくつか頼みごとがあるのですが」

「……言ってみろ」

「発表は、父上の誕生祭の舞踏会にて行おうと思っております。そのとき、父上から発表をお願いしたいのです。僕が発表するよりも反発が少ないでしょうから」

「まぁ、そうだな。それがいいだろう」

「それから、舞踏会で吟遊詩人に詩を詠ってもらおうと思っております。仮に僕がそれをできない状況のときは、父上から披露をお願いします」

「……詩？」

「はい。王城付きのフェヴラー殿には、すでに依頼ずみです」

レオナルドは、自分が令嬢たちにとって魅力的な存在であると充分に理解している。だから彼女らの嫉妬からジゼルを守るために、何か策を考えなければならない、と以前から計画を練っていた。

考えた計画が、王城お抱えの吟遊詩人に頼んで、レオナルドの恋物語を作ってもらう、というもの。

貴族令嬢というものは総じて恋物語が大好物であるうえに、その物語の主人公たちには意外にも牙を剝かない。それを、レオナルドは把握していた。

切ない愛を乞《こ》う恋物語の主人公として、レオナルドとジゼルを落とし込む。そうすれば、仮にジゼルに対して思うことがあったとしても、表立って動ける者などいないはずだと考えた。

令嬢たちの親からも王家と姻戚《いんせき》になるために縁談を多数申し込まれていたが、そちらはすでに手を打っている。変身の魔法というものは実に便利で、どんなに小さな動物にでもなれるから。

――例えば、小鳥になって秘密の話をこっそりと聞き回り、弱みを握ることなど造作もないことだった。

それらの話を聞いた国王は顎に手を当てながら、ふむ、とひとつ頷く。

「……お前たちの恋物語を、詩にか」

「はい。僕とジゼルは、国中で語り継がれる物語の主人公となるのです」

「……彼女本人の了承は取っているのか？」

「ええ、もちろん」

もちろん——取っていない。

ジゼルに言ったところで、恥ずかしがって嫌がるだろうから。

仮に彼女から猛反対にあってしまったら、もうひとつの目的——詩という国民の間で広く愛されるものに自分たちの存在を落とし込むことによって、レオナルドの妻としてジゼルを国中に知らしめ、彼女自身の身動きをも封じるという目的——も、叶わなくなってしまう。

国民たちからの祝福という形で外堀を埋め、たとえどんなことがあったとしても、彼女を自分から逃げられないようにしなければならない。

「それならいいが……くれぐれも、彼女を傷つけるなよ」

「ええ、言われずとも」

レオナルドは、父親に向かってにっこりと笑顔を向ける。

だがその笑顔を見た父親はというと、なぜかうんざりとした様子で口元を引き攣らせていた。

——婚約発表の翌日。

鳩に変身し王都に暮らす人々の話を空から聞き回ったレオナルドは、自身の計画の成功を確信して心の中の口角を引き上げた。

婚約発表のときに詩われた恋物語に関して、ジゼルはまったくの寝耳に水だった。

＊＊＊

婚約発表の翌朝、王都の別邸で支度をしていたときに侍女たちからその話を聞いて、ジゼルはあまりの驚きにぽかんと口を開け、目をひん剝いた。

まさか、自分たちが退場したあとに、自分たちのことが詩として語られていたなどとは思いもしていなかった。もし事前に知っていたら絶対に反対していただろう。

祝福されるのは非常に喜ばしいことだとは思う。レオナルドもジゼルに悪意が向かないよう恋物語を仕込んだのだろうが、なんとも言い表すことのできない、胸に靄《もや》がかかるような複雑な思いがある。

婚約発表から早くもひと月が過ぎ、あの恋物語は国中に広がり『トカゲの王子様と変わり者令嬢』という題名で詠われている。

貴族令嬢たちからはなぜか持ち上げられ、国民たちからは祝福されたジゼルはどこへ行っても歓迎されることになった。この恋物語は劇にもなるようで、今はその準備を進めているところらしい。

ジゼルとレオナルドは、結婚の準備を進めながらも以前と同じように休日は二人で過ごしていた。

二人で気ままにどこかへ出かけたいと思う日もあるが、第二王子とその婚約者としてだけでなく、恋物語のせいで有名になってしまったため、どこに行っても周りの視線がつきまとい、瞬時に人に囲まれる。

変装してもレオナルドの容姿ではすぐに見破られてしまい、お忍びもできない。

それを嫌とまでは思わないし、そもそも結婚したら今よりも自由ではいられないことはわかっている。

しかし、恋物語はあまりにも影響が大きく、人に囲まれると少々疲れてしまうので、最近の休日は辺境伯邸で過ごすことが多くなっていた。

ソファに座り本を読んでいたジゼルは、ふとなんとなく窓の外を眺める。隣に座るレオナルドは、ジゼルの手の甲を遠慮がちにさすった。

「……ごめんね。外に行きたいよね」

「ううん。違うの、本当にそういうわけじゃないのよ。……それに、勘違いは誰にでもあることよ。仕方がないわ」

婚約発表のあと、自分たちの恋物語について「どういうことなのか」とレオナルドに問い質《ただ》したところ、彼はきょとんとした顔で「……え？　僕、話していなかったっけ」と言った。

レオナルドが言うには、辺境伯邸で行った淑女教育の最初の日に説明したつもりだったらしい。まったく知らなかったとジゼルが詰めると、レオナルドは顔面を蒼白にさせ、平身低頭して謝ってきた。

その後も彼は申し訳なさそうにしており、会うたびに謝ってはジゼルが退屈しないように、とたくさんの娯楽を提供してくれている。

その殊勝な態度にジゼルもあの恋物語のことはあまり気にしないようにしよう、と心掛けていた。

たまに出かけたいな、動物と触れ合いたいなと思うことはあるけれど、今の生活にそこまで不満はない。

レオナルドはジゼルの手を取り、許しを乞うように静かに口付けた。

「ありがとう。皆の熱も、時間が経てばそのうち冷めると思う。そうしたら少しは普通に出歩けるようになるから、もう少しだけ我慢してほしい。……本当に、ごめんね」

「……ふふ。もう、そんなに謝らなくても大丈夫よ」

ジゼルは未だ眉を下げ続けるレオナルドに向かって、励ますように笑った。


結婚式の準備は、ほとんどレオナルドが取り仕切った。

会場――エシュガルド城大広間の装飾を考え、生花などの準備をし、招待客への招待状を自らが作成した。

王城の料理長が作る料理もひとつひとつ味見をし、こまかく調整していく。

記念品の準備も抜かりない。

レオナルドは二人の名前が刻印されたティーセットを特別に注文し、王家御用達の菓子工房にトカゲの形をした焼き菓子を作ってもらうよう手配した。

通常、結婚式のこまかな業務は、貴族ならば夫側の家令や侍従たちが行うものだ。しかしレオナルドはそれをさせずに、忙しい時間を割いてほとんどを自らが行った。

あるとき、ジゼルは聞いた。

なぜ侍従たちにまかせないのか、と。

レオナルドは、くすり、と楽しそうな笑みをこぼす。

「僕はね、最高のものにしたいんだよ。……最愛の君が、人生の中で一番輝く、その日を」

レオナルドはその蒼の瞳を蕩けさせて、実に幸せそうに微笑んだ。


瞬く間に時は過ぎ、ジゼルは今日、二十歳の誕生日を迎えた。ジゼルとレオナルドの結婚式が行われる日でもある。

結婚の儀式は昼過ぎから執り行われる。

エシュガルド王国の慣例として、儀式の参列者は身内や親しい者のみとなっており、結婚舞踏会は別日に開かれることになっている。

朝食後、エシュガルド城の三階に宛てがわれた王子妃の部屋で、ジゼルは何人もの侍女たちの手で身支度を整えられていた。

虹色に光り輝く真珠の粉がちりばめられた純白の婚礼衣装を着たジゼルの髪を結い上げているのは、レーベンルート辺境伯家の侍女長であるエマだ。

本来ならば、王子妃の身支度はエシュガルド城の侍女たちが行うものだが、ジゼルの希望で今日はエマを中心に身支度を整えてもらっている。

エマは髪を結いつつも、何度も涙ぐんでは鼻をすすっている。その細い目は赤く腫れぼったくなり、普段よりもさらに細くなってしまっていた。

「お嬢様……本当に、お綺麗でございます。何度申し上げても足りないほどに、本当に。……このようにご立派になられて、亡き奥様もさぞお喜びでしょう」

「……そう、ね」

その言葉に、ジゼルはふと自らの母親を思い出した。

母――エレナ・レーベンルートは、ジゼルとよく似た容姿をした女性だった。母は、確かに母親としてジゼルとラファを育ててくれてはいた。だがそれは、あくまで貴族としてだ。子育てに関しては、ほとんど乳母がしていたと記憶している。

貴族夫人が子育てを乳母にまかせきりにするのは、ごく普通のこと。だから、愛情が足りなかったとは思わない。別に、冷たかったとも思わない。

しかし彼女はどこか、子供たちよりも夫である辺境伯を一番に愛しているのではないか、と子供心に思うときがあった。

（お母様の瞳は……いつも、お父様を見ていた。私やラファと過ごしているときも、いつ

も父様を目で追っていた）

それに対して、寂しい、と思ったときもあった。幼い子供にとって、母親は神にも等しい存在だから。

（お母様。私にも、愛する人ができました。けれど、彼との子供ができたのなら……私は、昔の自分のような思いは、させたくないと思います）

愛する人との間にできた子供は、きっとたまらないほどに可愛いだろう。

ジゼルは人生で一番の晴れの日に向けて煌びやかになっていく自分を鏡で見ながら、今後の温かな未来に思いを馳せた。


ジゼルは今エシュガルド城の大広間の扉の前に、父親である辺境伯と共に立っていた。

視界は白いレースでできたヴェールによって覆われており、前がよく見えない。しかしそれを、横にいる父親の逞しい腕がしっかりと支えてくれている。

儀式の参列者である王家の縁戚《えんせき》たちとは、結婚が決まってからの五カ月間のうちに親睦を深めた。皆温かな心根を持った者たちで、結婚を祝福してくれている。

だから、ジゼルに緊張はない。ただひたすら、ふわりと宙へ舞ってしまいそうな幸せな気分に包まれていた。

不意に、隣の父親が正面を向いたまま小さく息を吸い込む。

「……ジゼル」

「はい、お父様」

「結婚というものは、始まりだ。……これから先、幸せなことだけではない。つらいこともたくさんあるだろうし、難しい課題に立ち向かわなくてはならないときも来るだろう」

「……」

「だがどんなことがあっても、お前には、殿下という深い愛を捧げてくれる生涯の伴侶がいる。遠くからでも、大事に思う私たち家族がいる。だから、つらくなったらすぐに頼りなさい。どんなときでも、駆けつけるから」

「……っ……はい、お父様……」

ジゼルは、真っ白なヴェールの内側で思わず涙ぐんだ。潤む視界のままちらりと横を見ると、まるで涙が溢れてしまうのをこらえるかのように、父親も若干上を向いて顔を顰めている。

「……お父様。私は、お父様の娘として生まれることができて、本当に幸せでした。……やるべきことも果たさなかった私に、やりたいことをさせてくださって、私を尊重してくださって……本当に、ありがとうございました」

「……」

父親の体がわずかに震え始めたとき、大広間の扉がゆっくりと開かれた。

ジゼルの目の前には、目にも鮮やかな深紅の絨毯が、まっすぐに前へと続いていた。絨毯の上には色とりどりの花びらが散らされ、まるで花畑のよう。

ヴェールに覆われたまま、その絨毯の先を見つめる。そこには、長年の友であると同時に、心から愛する人の麗しい立ち姿があった。

ジゼルと同じ純白の婚礼衣装を着た彼は、優しい眼差しを注いでくれている。

一歩一歩、彼に向かって、隣の父親と共に少しずつ歩いていく。

真珠の粉がキラキラと光を反射し、七色に輝く。そのドレスは膝までは体に密着し、その下は何枚ものフリルが重なり合って広がっていく形をしている。このドレスもレオナルドが特別に仕立てたものだった。

ジゼルが歩いた後ろを、長いドレープがするすると滑り、花びらを引きずり、軌跡を残していく。

時間をかけてジゼルたちがレオナルドのもとへ到着すると、父親は娘を新たな息子へと送り出した。

今度はレオナルドがジゼルの手をしっかりと握り、深紅の道を共に歩き出す。

その道の終点までたどりついたとき、彼の手によって、ジゼルの顔を隠すヴェールが優しく上げられた。

よく見えるようになった視界で、ジゼルは参列者の顔を一人一人見回す。

厳めしい顔を泣き笑いの表情で歪めている父親。

鼻の頭を真っ赤にして、ぼろぼろと大粒の涙を流す弟。

優しい微笑みを浮かべている、鼻眼鏡をかけた敬愛する師。

嬉しそうな表情の義両親。真剣な表情で見守ってくれている義兄。

温かな祝福の視線を送ってくれている両家の親類。後ろの隅のほうでは、母親のような存在でもある侍女が頰に涙を光らせて控えていた。

（……私の周りには、こんなにもたくさんの、優しい人たちがいるのね）

エシュガルドの結婚の儀式は、神ではなく人に誓うもの。

ジゼルたちは参列者に向かって誓った。

病めるときも、健やかなるときも、永遠に二人で支え合うことを。

大広間には温かな拍手が響き渡る。それは二人の門出を祝福して、長く長く、鳴り響いていた。


儀式が終わり、参列者と挨拶を交わしたあと。ジゼルはレオナルドと腕を組んで、これから自分の家となる無骨な城内を眺めながらゆっくりと歩いていた。

目指しているのは、レオナルドの自室。そこは、先ほど身支度をしていた王子妃の部屋と内扉で繫がっている。

隣のレオナルドは、珍しく言葉を何も発しない。

ジゼルも儀式独特の厳《おごそ》かな雰囲気に吞まれて、今はどこか浮ついているような、夢を見ているような気分だった。

階段で三階まで上がり、また長い廊下を歩く。彼の自室に入り込んだ——その瞬間。真正面から、体がきつくきつく、軋《きし》むほどに抱き締められた。

「……ジゼル。僕はもう、十年間も我慢した。……もう、いいよね？　君を、僕のものにしても」

レオナルドの表情は見えない。けれど、興奮を無理やり抑えつけたような掠れた声が、鼓膜《こまく》を震わせる。背中に回る手のひらはやや震えていて、彼の切望をこれでもかというほどに伝えてくる。その声と抱擁に胸を高鳴らせながら、ジゼルも彼の体に腕を回し、頭を彼の胸にこすりつけた。

「レオ。私も……貴方のただ一人の女性に、なりたい」

そう言った瞬間、ふわりと体が浮いた。上を見ると、ジゼルを横抱きにしたレオナルドは、どこか泣きそうで苦しそうな、切ない表情をしている。しかしその表情を見ることができたのはほんのわずかの間の出来事で、すぐに唇を塞がれてしまった。そのまま、幾度も唇を食《は》まれながら寝台まで運ばれる。

レオナルドはジゼルを寝台の上に寝かせると、口付けを途絶えさせることなく、靴を放るようにして脱ぎ、ジゼルの靴も脱がして純白の花嫁衣装の裾をかき分けた。

労りのこもった優しい手つきで、しかしそれと矛盾するような強い力で、ドロワーズを抜き取られる。剝き出しになったジゼルの秘処には、いつの間にか寛げられていた純白の花婿衣装からすでに飛び出している、熱く猛った屹立が何度かこすりつけられた。

（あぁ、ようやく……）

レオナルドとの淑女教育のあと手を繋ぐまでに触れ合いをとどめ、決してそれ以上のことはしなかった。それにより、今はその欲求が最大限に溢れ出している。

まだ何もしていないというのにジゼルのそこはかつてないほどに潤い、彼を受け入れようと蠢動《しゅんどう》している。

レオナルドが腰を揺するたびに溢れ出した蜜が昂りをぬらぬらと光らせ、淫らな水音が二人分の荒い息遣いと共に部屋に響き渡った。

ふと、口付けが途切れたとき。顔を艶やかに上気させたレオナルドが、真上から見下ろしてきた。

「ずっとこうして……君を、僕のものにしたかった。何度も何度も、君を抱いて犯して汚す夢を見た。……初恋の人であり、唯一の愛する君とこうして結婚できて、僕は……本当に、幸せだ」

興奮からか、感動からか。

声を震わせるレオナルドに向かって、ジゼルは両手を伸ばした。なめらかな頬に指を滑らせて、手のひらで包み込む。

「……私も、本当に幸せよ」

緊張と期待で、上手く言葉が出てこない。ただ、視線にだけは胸の中の想いをありったけ詰め込んだ。

正体を知ったときは、心の拠り所であった一番大切な存在を奪われてしまった喪失感で、レオナルドに対しては激しい怒りしか感じていなかった。二度と顔を見たくない、と本気で思っていた。

けれどレオナルドという人物の内面を知っていくうちに、なんとも人間らしい狡さや弱さ、脆さや純粋さに心を打たれた。何より、自分に向けてまっすぐに注がれる重すぎる愛情に絡めとられた。

今は、こうして共になれてよかった、という万感の思いが心を占めている。

その瞬間、レオナルドの顔が切なく歪み、蜜をまとって宛てがわれていた切先がぬかるんだところへ一気に埋め込まれた。歯を噛み締め、こらえるような吐息を吐き出しながらもこちらを必死に見つめてくる蒼の瞳を、ジゼルもしっかりと見つめ返す。

鋭くも愛しい痛みが、下半身を襲っている。

けれど、それすらもかけがえのない幸福に違いなかった。ようやくひとつになれたことへの多幸感で、自然と涙が溢れ出す。

「ごめ、んね……痛い？」

「ううん……幸せな、だけ。大丈夫……」

「……動いて、いい？」

苦しそうに顔を顰めるレオナルドに向かって、微笑みながら頷く。レオナルドはそれをしっかりと見つめながら、ふにゃりと目を細めた。そうした途端、ひりりとした痛みが下腹部に走る。

「……っ！」

「……くっ……」

レオナルドは、ゆるりと腰を動かし始める。最初の何往復かは、彼の動きはややぎこちないものだった。けれど潤沢に溢れる蜜と破瓜《はか》の血が混ざり合ったものに手助けされ、それはすぐになめらかなものに変わっていく。

「……す、ごい……っ、なんて、熱くて……！」

レオナルドは熱い吐息をつき、体を倒してジゼルの肩口に顔を埋《うず》める。ジゼルの体をきつく抱き締め、ただひたむきに腰を前後に動かした。

ジゼルのほうも、まだわずかに痛みはあった。けれどようやく彼を受け入れることができたことで、女の最奥《さいおう》が甘く疼いて仕方がない。心と体は、もっと奥まで欲しい、と彼を追い求めた。

「……っ、やっ、あぁ……っ」

「あぁ、ジゼル、好きだ……！　ずっと、こうしたかった……！」

体を揺さぶられると同時に、吐息混じりの切実な告白がジゼルの心をも揺さぶってくる。胸の内側が熱くなり、溢れ出しそうな想いの奔流となって、喉の奥から込み上がる。ジゼルは、その想いに突き動かされるまま、レオナルドの耳元に唇を寄せた。

「っ、レオ……！　ぁっ、私、私も……愛、してる……っ」

「……！」

豊穣祭のときは、まだ『愛』という感情をはっきりとは理解できなかった。けれど、今ならわかる。

彼と一緒に、これからの時を過ごしていきたいと思う。

幸せにしてあげたいし、幸せにしてほしいとも思う。

彼が喜ぶことをしてあげたいと思うし、彼のために努力したいと思う。

捧げられる愛を、それ以上にして返してあげたいと思う。

きっと、この感情こそが愛というものなのだと。

そのジゼルの告白にレオナルドの抱擁はよりきついものになった。背骨が軋むほどに抱き締められ、体が甘く悲鳴を上げる。

「僕もだ、僕もだよ、ジゼル……！　愛してる、君だけを、ずっとずっと愛していたんだ……！」

レオナルドの蒼い瞳は涙と幸せで甘く滲み、宝石のようにきらめいている。ジゼルを気遣うようにゆるやかだったレオナルドの動きが、徐々に荒々しいものに変わっていく。

「……あっ、レオ、あぁ、や、ぁ……！」

「は、ぁ、ジゼル、好き、好きだよ、好き……！」

唇の先が触れ合う距離で、見つめ合いながらお互いを求め合う。

もう、彼のこと以外は何も考えられない。揺さぶられながら、幸せな時間にただただ没頭する。

「好き……っ、いいの、気持ち、いい……」

「……っ、あ……！」

けれど、ジゼルが素直な気持ちを言い放った、その瞬間。

レオナルドはびくりと体を震わせて、切なく喘いだ。ジゼルの腹の奥に、じんわりとした熱が染み渡っていく。

（……え？　これ……）

朧《おぼろ》げな思考の中でそう思っていると、顔を真っ赤に染め上げたレオナルドが、少し泣きそうな瞳で上目遣いに睨んでくる。

「……ジゼル……君は、本当にずるい……」

「え？　レオ――あっ!?」

ずん、と音が出そうなほどに、最奥を強く穿たれる。

その瞬間、視界にちかちかと星が瞬き、思わず息が詰まった。意識を無視して体がわななき、蜜路がきつく収縮する。

一度命を迸《ほとばし》らせたのにもかかわらず未だに微塵も硬さを失わない昂りが、再び隘路を激しく攻め立てた。

「やぁっ、あ、あぁ！」

上半身を起こしたレオナルドが、ジゼルの太ももを抱え込んで自らの体に密着させる。

ジゼルの臀部《でんぶ》は自然と寝台から離れ、ただ人形のように揺さぶられた。

体と心が引きずり落とされるような気持ちよさが、猛る屹立によって幾度ももたらされる。快感の器に、今にも弾け飛びそうなほどに勢いよく快楽が注がれていく。

律動のたびに上下に激しく跳ね飛ぶ白いふくらみを、興奮を宿したレオナルドの眼差しがじっとりと追った。

「あぁっ、おく……っ！」

「は……っ、あ」

激しい行為により、お互いの婚礼衣装に赤と白の液体が飛び散る。しかしジゼルたちはそれにかまわず、夢中でお互いの愛を確かめ合った。

レオナルドはジゼルの膝裏を摑み、今度は体を折りたたむようにして秘処を上に向けさせた。真上から腰を叩きつけ、屹立を蜜壺へと深く深く突き刺す。

最奥のさらに奥をこじ開けられるようなその鮮烈な感覚が、ジゼルの快感を急速に高めさせる。

「あぁっ、あ、やっ、あっ！」

「っ、あ、ジゼル、また……！」

意外にも逞しい腕によって足と体をまとめて抱き締められ、真上から激しく穿たれる。

ぞくりと腰に快感が駆け上がり、限界が近いことを感じた。

以前、レオナルドによって刻まれた快感の頂点。それがまもなく訪れる。ジゼルはその感覚をただ追い求め、彼の動きに合わせて自らも必死に腰を揺らめかせた。

「あぁっ！　レオ、レオ……！　くる、きちゃうの……っ！」

「っ、あぁ、ジゼル、一緒に……！」

ジゼルの意識が白く弾け、背中を大きく反らせて激しい痙攣に襲われたとき。レオナルドの屹立はよりいっそう奥へと食い込み、腹の奥に溢れるほどの熱を迸らせた。

ジゼルは自然と涙を流していた。

それはあまりに強い快感ゆえか、それともようやくレオナルドとひとつになれた喜びゆえか。もしくは、そのどちらもかもしれない。


しばらくして、ジゼルの痙攣がおさまったころ。

荒く息をついていたレオナルドは、再び腰を揺すり始めた。

一度達して敏感になったジゼルの体は、その刺激を即座に拾い上げる。

「あっ……まだ……？」

「そうだよ、当たり前じゃないか。何しろ十年分だよ？　まだまだ、全然……抱き足りない」

レオナルドは二度達して少し余裕が出てきたようで、先ほどまでの必死さは少し鳴りを潜め、蒼の瞳を爛々と輝かせていた。ぺろり、といやらしく舌で唇を舐めた彼は、欲望を迸らせてジゼルを攻め始める。

「……あ、やぁ……」

それにただただ翻弄されながら、ジゼルは甘い声を漏らして、深い快感の渦の中に落ちていった。


挙式から十日後。

ジゼルたちの二度目の晴れの舞台——結婚舞踏会の日がやってきた。

レオナルドが趣向を凝《こ》らして飾り立てた、花咲き誇る可憐なエシュガルド城の大広間。

そこでは、腕のいい楽団員たちが三拍子の優雅な曲を奏でている。

何人もの男女たちが体を寄せ合いゆったりと踊る中心で、ジゼルはレオナルドからもらったあの蒼いドレスを着て、彼と一緒にくるくると広間を回った。ジゼルが回るたびに、蒼のドレスが、まるで大輪の花のように広がる。

結い上げられたジゼルの髪にも、目が覚めるような蒼が差し込まれている。それは、かつて一度だけジゼルの髪を飾った、幸運を呼ぶという南国の花。

ジゼルのことを見つめる蒼の瞳は、広間の燭台の光に照られて蒼玉《サファイア》のようにきらめいている。

それを見て、心に込み上がってくる幸せな気持ちのまま、ジゼルはふわりと微笑んだ。

レオナルドの口元も、優しい笑みで彩られている。

「……ジゼル。いつもの君も素敵だけど、今は……いつも以上に美しい。まるで、花の妖精のようだよ」

「レオ、貴方も……この世で一番、誰よりも素敵で、格好いいわ」

優雅な演奏が終わったとき。レオナルドが顔を近づけてきて、ジゼルはゆっくりと目を瞑った。唇に優しい熱が降ってくる。

ジゼルの心は今、とても温かかった。

最愛の人への愛と幸せが、溢れそうなほどに満ちているから。

エピローグ

ジゼルとレオナルドが結婚してから、数カ月が経ったある日。

レオナルドは、エシュガルド城の自室で執務をこなしていた。

ジゼルは今、オーガスト博士と共に王都にある博士の研究室にいる。彼女は王子妃という肩書を持ちながらも、今は生物学者として夢であった仕事に励んでいた。レーベンルート辺境伯の敷地内にあった牧場と温室は、今はエシュガルド城の敷地内に移されている。そこにいた動物たちは、変わらず彼女が大切に飼育していた。

ふとレオナルドは思い立ち、執務をいったん切り上げて机から立ち上がった。後ろの壁にかけてある大きな絵画のほうに歩いていく。絵画を少し持ち上げると、壁には窪みがあり、そこには一本のレバーがある。それを引くと、ゴトン、と音がして、絵画の横にある本棚が扉のように開いた。そこから暗い通路が続いている。

レオナルドは机の上の燭台を持つと、そこにするりと入り込む。通路側からしっかりと本棚を閉めれば、何事もなかったかのようにもとどおりになった。

レオナルドが入ったところは、石造りの狭い空間だった。もともとは敵襲があった際に一時的な隠れ場所として作られたものを、自分用に改造したのだ。

燭台の明かりで照らされたそこには一人掛けのソファとローチェストが置いてあり、チェストの上には愛しい人に関する宝物が大切に並べられている。

十年前、レオナルドを助けたときに彼女が着ていた、小さくなって捨てられたはずの服。

彼女から送られた、簡潔でそっけない、時には怒りが込められていた手紙たち。

食事に誘ったときに贈った蒼い花を、乾燥させて保存したもの。

無体を働きかけたとき、彼女の髪を結わいていた橙色のリボン。

箱に入れ大切に保存している、劇の鑑賞券。

観劇のときに拝借した、彼女の涙を吸い込んだ白いハンカチ。

豊穣祭のときの、合わせ絵《パズル》の彫刻。

中でも一際目立つのは、赤と白の液体が散った、純白の花嫁衣装と花婿衣装だった。

レオナルドは万感の思いを込めてそれらをひとつずつ眺めると、燭台を置いてソファに座った。

（……長かった。ここまで、本当に……長かった）

やはり、愛というものは偉大だ。愛の心のままに必死の思いで頑張ってきたからこそ、ジゼルの信頼を取り戻すことができ、この溢れそうな想いは報われたのだから。

レオナルドは目を瞑って背もたれに頭を預け、上を向いた。毎夜愛を囁くたびに淫らに乱れる最愛の人を、鮮明に脳裏に思い描く。

何度聞いても心乱される甘い声。艶やかな桃色に染まった白皙《はくせき》の肌。華奢《きゃしゃ》な肩や首筋、それに似合わぬほどに豊かな、誘惑そのものといったふたつの丸み。啼くたびに開いた口から覗く可愛らしい前歯はもう幾度も舐めて、その感触や形を舌で覚えている。

ジゼルの腹に、まだレオナルドの子は宿らない。魔法を使って子種に少しばかり細工をして、あえて宿らないようにしているから。

彼女との愛の結晶である子供は、本当に楽しみだ。すぐに欲しいと願われれば、魔法を使って即座に宿すことができる。

けれど今は、もう少しだけ二人の甘い時間を楽しみたい。

十年もの間トカゲとしてしか接することができなかった溝を、一分の隙間もないほどに埋めて、どろどろに甘やかして、最上の幸せを与えてあげたい。

魂すらも、依存してしまうほどに。

「ジゼル……愛しているよ。もう絶対に……逃げられないからね」

レオナルドは棚から橙色のリボンを手に取ると、指でもてあそびながらうっとりと口元を吊り上げる。

今夜はどんな方法で彼女を幸せにしてあげようか、と考えを巡らせながら。

あとがき

はじめまして、ソーニャ文庫レーベルの読者様には初めてのご挨拶となります。茶川《ちゃがわ》すみと申します。

このたびは『ヤンデレ王子は変わり者令嬢を決して逃がさない』をお手に取っていただきまして、誠にありがとうございます。

こちら、私が刊行した三作品目の作品であり、初めての紙の書籍となります。こうして無事刊行できたことを嬉しく思うと同時に、果たしてソーニャ文庫のファンの方々にご満足いただけただろうか、ととても緊張しております。

このお話の構想を思いついたのは、今から約一年半前。私が小説――今思うと小説といっていいかわからないほどの拙い文章でしたが――を書き始めたばかりのときのことです。

このお話はリメイク作なのですが、元となった作品は、小説を書き始めてから確か二、三作目だったたと思います。今読み返すと、なかなかに恥ずかしい出来です。

その後何作か書いてきて、少しずつ書き方を学び、リメイクしたのが今から約半年前。

結果、私自身も読者であったソーニャ文庫から刊行できることとなりました。

ヒーローのレオナルドを簡単に言い表すと、重い初恋（童貞）を拗らせたやや思い込みが激しく身勝手な変態のストーカーです（設定が多いですね……）。

ヒロインのジゼルは、自分の好きなことを追求するタイプの、真っ当な感性を持った純真な女の子です。ただ、自分の興味のあることでないととことん関心を抱けないので、人に合わせるということが少しばかり苦手です。

歪んでいるし計算高いけど、なんだか憎めない妙な人間味のあるレオナルド。

優しく快活でまっすぐな、等身大の女の子のジゼル。どちらのキャラクターもとてもお気に入りです。

ヤンデレ、執着愛、歪んだ恋のお話が大好きです。変態も大好きです（笑）。

とても楽しんで書き上げましたので、読者の皆様も楽しんでいただけたら幸いです。

最後に、このお話を刊行してくださったソーニャ文庫の編集部の方々、素敵なイラストを描いてくださった天路《あまじ》ゆうつづ様、この書籍を刊行するまでに関わってくださったすべての方々に、改めて御礼申し上げます。

このたびは、お読みいただきありがとうございました。これからもたくさんのお話を紡いでいこうと思いますので、何卒よろしくお願いいたします。

茶川すみ

Sonya
ソーニャ文庫

この本を読んでのご意見・ご感想をお待ちしております。

◆ あて先 ◆

〒101-0051
東京都千代田区神田神保町2-4-7 久月神田ビル
㈱イースト・プレス　ソーニャ文庫編集部
茶川すみ先生／天路ゆうつづ先生

ヤンデレ王子《おうじ》は変《か》わり者《もの》令嬢《れいじょう》を決《けっ》して逃《に》がさない

2024年5月7日　第1刷発行

著　　者　茶川《ちゃがわ》すみ
イラスト　天路《あまじ》ゆうつづ
装　　丁　imagejack.inc
発 行 人　永田和泉
発 行 所　株式会社イースト・プレス
〒101－0051
東京都千代田区神田神保町２－４－７ 久月神田ビル
TEL 03－5213－4700　　FAX 03－5213－4701
印 刷 所　中央精版印刷株式会社

ISBN 978-4-7816-9763-5
定価はカバーに表示してあります。

Sonya ソーニャ文庫の本

『人嫌い王子が溺愛するのは私だけみたいです？』 春日部こみと
イラスト 氷堂れん

Sonya ソーニャ文庫の本

俺の婚約者が可愛すぎるっ!!!

妖精の末裔クリスティナは、かつて出会った騎士・アレックスに憧れて、気づかぬうちに魅了の「呪い」をかけてしまったらしい。それから五年間クリスティナを想い童貞を貫く彼の呪いを解除するために、かりそめの婚約&同棲をすることに!? アレックスがクリスティナを大事にし好きだと言うたび、クリスティナはこれも魅了の呪いが言わせているのだと悲しくなってくる。そんな時、興奮しすぎたアレックスの苦痛を和らげたくて、彼に肌を許すが――!?

『初恋をこじらせた堅物騎士団長は妖精令嬢に童貞を捧げたい』 百門一新

イラスト 千影透子